HIGHLAND-HEXEN-KRIMI ADVENTSKALENDER

EIN HIGHLAND-HEXEN-KRIMI IN 24 GESCHICHTEN

FELICITY GREEN

Verlag: BoD · Books on Demand GmbH, Überseering 33,
22297 Hamburg, bod@bod.de
Druck: Libri Plureos GmbH, Friedensallee 273, 22763 Hamburg
ISBN: 978-3-7526-2403-8
Felicity Green
Highland-Hexen-Krimi
Adventskalender

Ein Highland-Hexen-Krimi
in 24 Geschichten

Veröffentlicht durch:
A. Papenburg-Frey
Schlossbergstr. 1
79798 Jestetten

Umschlaggestaltung: CirceCorp design - Carolina Fiandri
(www.circecorpdesign.com)
Vector by Freepik
Korrektorat: Wolma Krefting, bueropia.de

EINS

»Mist«, fluchte Bethany und schmiss ihre Designer-Reisetasche auf eins der Betten. »Der Besitzer hat mir versprochen, dass die Heizung an ist.« Die junge Frau beugte sich zum Heizkörper, drehte an dem Regler und klopfte energisch dagegen, so als ob das etwas bewirken könnte.

Sie richtete sich wieder auf und schlang die Arme betont dramatisch um sich. »Brr. Hier werden wir ja erfrieren.«

Etwas eingeschüchtert von der energischen Amerikanerin, mit der sie nur flüchtig bekannt war, stand Kenna in der Tür.

Andie hatte die Tür zugemacht, damit der eiskalte Wind nicht mehr hineinpfiff, und belegte das obere eines der Hochbetten mit ihrem kleinen Rollkoffer. »Ich schau nach, ob man zentral noch irgendwo etwas anschalten muss.«

Kenna machte einen weiteren Schritt ins winzige »Cottage«, als Andie an ihr vorbeilief.

Sie entschloss sich für eins der freien unteren Betten und legte ihren Rucksack darauf.

Dieses Cottage, das eigentlich nur aus dem Schlafzimmer bestand, würde sie die nächsten Tage mit Andie, Beth und anderen, ihr noch unbekannten Frauen teilen.

Das zweite Cottage, das direkt an ihres anschloss, beherbergte bislang Penny und Jem.

»Ich kann nicht glauben, dass das Badezimmer in einem anderen Gebäude ist«, schimpfte Bethany. »Wenn wir nachts mal auf Toilette müssen, dürfen wir uns erst mal warm anziehen und in die Kälte raus.«

»Es ist ja direkt gegenüber. Hoffentlich ist es wenigstens kein Plumpsklo«, meinte Kenna arglos, bis sie Beths geschocktes Gesicht sah. »Sorry, so eine rustikale Unterkunft bist du wohl nicht gewohnt.« Kenna biss sich auf die Zunge. Sie hoffte, dass das nicht abwertend geklungen hatte. Bethany lebte immerhin in einem Schloss. Invercreran Castle bei Oban war vor ein paar Jahren renoviert und in ein B&B umgewandelt worden. Beths Ehemann war der bekannte Künstler Lord Alexander Campbell. Auch davor, als sie noch in den USA gelebt hatte, soll Beth wohl ein bisschen verwöhnt gewesen sein. Hatte Kenna zumindest gehört.

Aber sie wollte sich eigentlich nicht von ihren Vorurteilen leiten lassen. Schließlich war sie hier, um Freundschaften zu schließen, da sollte sie es sich mit Beth nicht verscherzen. Kenna war sowieso schon die Außenseiterin in der Gruppe.

Alle anderen Frauen, die hier die nächsten Tage am nordwestlichsten Zipfel des schottischen Festlands, dem abgelegenen Cape Wrath, verbringen würden, waren Hexen. Oder zumindest waren sie es bis vor Kurzem gewesen.

Kenna war lediglich eine Normalsterbliche. Eine Polizistin, die durch Ermittlungen in die Angelegenheiten der Tarbet-Hexen hineingezogen worden war und somit deren gut gehütetes Geheimnis kennengelernt hatte.

Bei der letzten Beltane-Feier in Tarbet am Loch Lomond vor etwa einem halben Jahr war ein großes Unglück geschehen. Die Allianz der Magier hatte fast allen Hexen Großbritanniens deren Magie gestohlen. Und gleich darauf allen Hexen der Welt den Kampf angekündigt. Die wenigen Hexen, die ihr magisches Talent noch hatten, waren geflüchtet, um der unbarmherzigen Verfolgung zu entgehen.

Die kleine Hexengemeinschaft aus Tarbet und Umgebung war seitdem nicht mehr dieselbe. Der Zirkel war sowieso schon dezimiert gewesen, seit einige der Mitglieder verbannt worden waren. Von den übrig gebliebenen ehemaligen Hexen waren einige so verängstigt, dass sie ihren ehemaligen Schwestern im Bunde lieber ganz aus dem Weg gingen.

Kurzum, der Zirkel hatte sich so gut wie aufgelöst, und die alten Bräuche und Traditionen wurden noch nicht mal mehr im Geheimen gepflegt.

Einige der magielosen Junghexen aus Tarbet störte die Situation gewaltig.

Das bevorstehende Julfest, die Wintersonnenwende, ganz ausfallen zu lassen, das hatte ihnen einfach nicht behagt. Sie hatten zusammen feiern wollen. Beth hatte die Idee gehabt, an diesen völlig isolierten, abgelegenen Ort zu reisen. Man erreichte den alten Leuchtturm mit Café und Hostel an der Nordspitze des Kaps nur, indem man mit einem Boot von Keoldale aus den Kyle of Durness überquerte und dann noch gut zwölf Meilen eine der schlechtesten Straßen in Schottland mit dem Minibus hinter sich brachte. Alternativ konnte man über den Cape Wrath Trail, einen berühmt-berüchtigten Langstreckenwanderweg, aus dem Süden zu Fuß hierhergelangen. Vom nächsten Ort waren es etwa zwei Tage Fußmarsch durch karges, fast gänzlich unbewohntes Gelände.

Die Hexen aus Tarbet hatten extra ein Boot und den Minibus gechartert, denn regulär fuhren die um diese Jahreszeit gar nicht. Ihre Gäste, ein paar ehemalige Hexen aus anderen, befreundeten Zirkeln, kamen separat und würden bald eintreffen.

»Komm doch mit«, hatte Jem Kenna spontan vorgeschlagen, als sie vor ein paar Wochen zusammen shoppen gewesen waren. »Vor Weihnachten sind wir wieder zurück, keine Sorge, du verpasst also kein Familienfest. Wir wollen ein paar der alten Julbräuche zelebrieren. Wir haben zwar keine Magie mehr, aber wir können unsere Traditionen trotzdem beibehalten. Du bist dann quasi unser Alibi, dass das ganze nur ein Mädels-Trip ist.«

»Hört sich interessant an«, hatte Kenna gesagt. Erwähnt hatte sie nicht, dass es dieses Jahr sowieso kein Weihnachten für sie geben würde. Es gab nichts zu verpassen. Ihre Eltern waren vor einiger Zeit nach

Spanien ausgewandert und hatten sie noch nicht mal eingeladen, die Feiertage mit ihnen zu verbringen.

Und seit der Trennung von ihrem Ex Brian, nach der sie wieder in ihre alte Heimat am Loch Lomond gezogen war, hatte sie keine neue Beziehung gehabt. Einen Partner, mit dem sie das Fest begehen könnte, gab es also auch nicht.

An Angeboten mangelte es eigentlich nicht. Mit ihren hellblonden Haaren und blauen Augen, ihrer weiblichen Figur und dem passabel aussehenden Gesicht wurde sie öfter mal um eine Verabredung gebeten. Aber der Richtige war bislang nicht dabei gewesen.

Kennas Großvater Alasdair, der einzige Verwandte, den sie am Loch Lomond noch hatte, war vor Kurzem gestorben. Es würde also ein trauriges und einsames Weihnachten werden und das Julfest wäre die einzige Festivität, die sie begehen würde. Auch wenn sie nicht richtig dazugehörte, hatte sie zugesagt.

Kenna merkte jetzt, dass sie eine Weile geschwiegen und ihren Gedanken nachgehangen hatte, anstatt das Gespräch mit Beth weiterzuführen.

»Ähm. Ich glaube, das sind ehemalige Gebäude, die zum Leuchtturm gehörten und jetzt zu diesen Unterkünften umgebaut worden sind. Die sind so klein, da konnten sie wohl kein En-Suite-Bad mehr mit reinnehmen und mussten ein extra Häuschen mit Badezimmer ausstatten. Wollen wir uns mal das Restaurant mit der Küche anschauen? Wahrscheinlich halten wir uns ja sowieso die meiste Zeit dort auf.«

»Gute Idee«, stimmte Bethany zu, hörte mit dem Auspacken auf und hakte sich bei Kenna unter.

Kenna atmete etwas erleichtert durch.

Sie verließen das Cottage und machten sich auf den Weg zu dem länglichen, weiß getünchten Gebäude, in dem sich Café und Küche befanden. Die Luft war kalt und der Wind schneidend. Bevor sie bei dem Gebäude ankamen, waren Kennas Lippen taub. Kein Wunder, dass die Besitzer, die die Kaffeestube betrieben, woanders überwinterten.

Endlich hatten sie es ins warme Café geschafft. Mit den weißen Wänden, den kleinen hölzernen Tischen und bunten Stühlen, der handgeschriebenen Speisekarte und diversem schottischem Deko-Schnick-Schnack an den Wänden wirkte es sehr gemütlich.

»Hallo Carolyn, du bist schon da?«, begrüßte Beth eine brünette Frau Mitte vierzig, die an einem der Tische saß. Neben ihr, ebenfalls eine dampfende Tasse Tee umklammernd, hockte eine rundliche junge Frau mit blonden Locken, sonnengebräunter Haut und türkisfarbenen Augen.

»Ja, wir mussten uns erst mal aufwärmen und haben uns einen Tee gemacht. Das hier ist übrigens Jessica Sommers, ich weiß nicht, ob du dich an sie erinnerst? Sie wollte unbedingt mitkommen, da habe ich sie spontan eingepackt.«

Die Frauen stellten sich einander vor. Kenna wusste von Jem, dass es sich um die ehemalige Oberhexe Carolyn Kerrington aus Pendle in Lancashire handelte. Jessica war eine Schwester aus ihrem Zirkel.

»Paula und Eve aus Wales sind schon zur Unterkunft, um ihr Gepäck abzuladen, aber wir haben es nicht mehr ausgehalten. Wir brauchten heißen Tee, nach der abenteuerlichen Reise«, erklärte Jessica.

»Ah, dann fehlt noch diese Aileen aus St. Andrews«, bemerkte Beth.

»Ja, die Verrückte kommt über den Cape Wrath Trail zu Fuß«, lachte Carolyn. Dann wurde sie ernst. »Ich hoffe, sie hat es bald geschafft, denn es sieht nach Schnee aus.«

ZWEI

ES DAUERTE NICHT LANGE, BIS SICH AUCH DIE ANDEREN Frauen im Café einfanden.

Eve Adams stellte sich als Cousine der ehemaligen Oberhexe des walisischen Zirkels, Cerys Adams, vor. Kenna erinnerte sich an Cerys. Mit ihrer Playboy-Bunny-Figur, den langen blonden Haar-Extensions, den schrill manikürten Nägeln und dem sorgfältig geschminkten Gesicht war sie schwer zu übersehen gewesen. Eve, ebenfalls recht hübsch, wirkte wie eine Light-Version ihrer Cousine. Nicht ganz so kurvig, etwas weniger blondiert und mit recht dezenter Kriegsbemalung.

Die eher unscheinbare und sehr dünne Frau an ihrer Seite hatte auch einen starken walisischen Akzent und wurde als Paula Williams vorgestellt.

Jem, die ehemalige Wetterhexe, und Penny, die vormals als Kräuterhexe gewirkt hatte, nahmen die beiden Frauen aus Pendle unter ihre Fittiche, um ihnen die Unterkünfte zu zeigen. »Jetzt müssen wir ein bisschen kreativ werden, wie wir die Betten aufteilen. Wir wollten eigentlich, dass wir uns vermischen, sodass es keine Grüppchenbildung gibt«, sagte Penny. Paula und Eve beschlossen, auch noch mal mit zu den Cottages zu kommen.

Während sich die Neuankömmlinge einrichteten, machten sich Kenna, Beth und Andie in der Küche nützlich. Sie befand sich in der Mitte des länglichen Gebäudes – dahinter lagen noch der große Vorratsraum und ein WC – und man konnte durch ein großes Fenster mit Tresen davor Bestellungen der Gäste aufnehmen und Speisen durchreichen.

Der Vorteil für die Frauen-Truppe war, dass man das Café im Blick hatte, während man kochte oder anderweitig in der Küche beschäftigt war. So konnte man sich weiter miteinander unterhalten und die Gruppe blieb zusammen.

Aus diesem Grund verpassten Kenna und Beth auch nicht den letzten Ankömmling: Aileen Stewart aus St. Andrews.

Total verfroren kam die junge Frau ins Café und setzte ihren schweren Rucksack ab.

»Hallo!«, rief Kenna ihr zu und versuchte, ihre Überraschung zu verbergen. Gemessen an Aileens Art der Anreise hatte Kenna ein kerniges Naturmädel erwartet. Aber die schmächtige Schottin hatte lange, pechschwarze Haare, ganz blasse Haut und war ein bisschen gothmäßig geschminkt.

Wie der Schein doch trügen konnte, denn Aileen musste solch strapaziöse Wanderungen gewohnt sein. Kenna, die auch schon mit einem schweren Rucksack unterwegs gewesen war, hätte sich ächzend auf einen Stuhl geschmissen, aber die junge Frau stand einfach stocksteif da.

»Hallo. Ich bin Aileen«, sagte sie, ohne groß die Miene zu verziehen.

Kenna stellte sich vor. Mit Andie und Beth war die junge Hexe aus St. Andrews schon bekannt.. Bethany bot Aileen gleich einen Tee an.

»Lieber Kaffee, wenn ihr habt.«

»Kein Problem«, rief Beth fröhlich. »Und wir haben auch etwas zu essen gemacht. Die anderen müssten jeden Moment wieder hier sein.«

Sie hatten gerade Tische zu einer langen Tafel zusammengeschoben und Teller und Besteck ausgelegt, als die restlichen Frauen wieder ins Café stürmten.

»Es hat angefangen zu schneien«, rief Carolyn etwas außer Atem. »Ach, Aileen du bist hier. Wie gut, ich hab mir schon Sorgen gemacht.« Sie umarmte die junge Schottin und Aileen lächelte zum ersten Mal.

Alle nahmen am Tisch Platz und ließen sich die Suppe und Sandwiches schmecken. Die Frauen plauderten fröhlich durcheinander und planten das bevorstehende Julfest.

Kenna konnte nicht so richtig mitreden. Und aufgrund ihrer nordisch-kühlen Art war sie eher zurückhaltend. Sie merkte, dass sie sich etwas ausgegrenzt fühlte.

Auch Paula Williams war still. Zu Beginn des Abendessens hatte sie für ein Telefongespräch den Tisch verlassen – im Café gab es keinen Handyempfang – und wirkte bedrückt, als sie zurückkehrte. Sie beobachtete alle mit etwas ernster Miene, anstatt sich an der Unterhaltung zu beteiligen. Als sich die Gespräche auf andere Themen ausweiteten und sich auf kleine Grüppchen verteilten, versuchte Kenna mit der ruhigen Waliserin Kontakt aufzunehmen. Das lief aber eher zäh.

»Du, entschuldige, ich muss etwas mit Carolyn besprechen«, sagte Paula schließlich und wandte sich der ehemaligen Pendle-Oberhexe zu.

Kenna meldete sich freiwillig für den Abwasch, um wenigstens etwas zu tun zu haben. Jem leistete ihr Gesellschaft und als sie fertig waren, fühlte sich Kenna etwas besser. Mit der großen, dunkelhaarigen jungen Frau, die als Park Ranger arbeitete, kam sie doch immer noch am besten zurecht. Jem war einfach offen und nett. Die hübsche, etwas ältere Penny hingegen wirkte mit ihrer manchmal sehr direkten und sarkastischen Art einschüchternd. Und zu der ruhigen, ernsten Andie hatte Kenna noch nicht so Zugang gefunden.

Aber mittlerweile war Kenna optimistisch, dass sich das im Laufe ihres Aufenthalts hier ändern würde. Alle waren wirklich recht freundlich – selbst Bethany, obwohl sie befürchtet hatte, die oberflächlich und ein bisschen arrogant zu finden. Auch von Carolyn und Jessica hatte sie den Eindruck, als ob sie gut mit ihnen auskommen würde. Eve war etwas schrill, Aileen schien ein bisschen sonderbar und Paula hatte eine eher abweisende Art – aber sie musste ja nicht gleich BFF mit allen hier werden.

Jemand kam auf die Idee, ein paar Flaschen Wein aufzumachen, und die Atmosphäre wurde noch ein bisschen lockerer. Am Ende war Kenna froh, mitgekommen zu sein.

Die Ersten dachten daran, ins Bett zu gehen und auch Kenna rieb sich schon die Augen.

»Ich hoffe, die Heizung ist jetzt an«, rief Beth.

»Ich war vorhin kurz im Cottage und die Heizung bei uns läuft«, sagte Jessica.

»Bei uns auch«, beruhigte Andie Beth. »Ich hab auch noch mal nachgeguckt.«

»Wo ist eigentlich Paula?«, fiel Eve auf einmal auf.

Die Frauen schauten sich um. Penny sah in der Küche nach und kam kopfschüttelnd zurück. »Ist sie vielleicht schon ins Bett?«

»Ohne Gute Nacht zu sagen?«, fragte sich Andie. Aber Eve meinte: »Das würde mich nicht wundern. Ich gehe jetzt jedenfalls schlafen, und wenn ich sie drüben nicht finde, komm ich noch mal wieder.«

Die anderen wünschten eine angenehme Nachtruhe.

»Puh, es schneit jetzt aber gewaltig«, sagte Eve, als sie die Tür aufmachte. Die Waliserin zog ihre Jacke fest um sich und verschwand im Schneegestöber.

Kenna hatte gerade ihren Mantel angezogen, um auch zum Cottage zu gehen, da kam Eve zurück. »Ich kann Paula nicht finden«, meinte sie etwas ratlos. »Sie ist weder in unserem Zimmer noch in eurem – und im Bad ist sie auch nicht.«

»Das ist schon komisch, wo soll sie bei dem Wetter denn hingegangen sein?« Andie wirkte besorgt.

»Oh nein!«, rief Carolyn und wurde ganz blass. »Vor einer ganzen Weile meinte Paula, sie will noch mal raus, um zu telefonieren. Sie sagte, nur bei den

Klippen hätte sie Empfang. Wenn sie seitdem nicht wieder zurückgekommen ist …«

Sie brach ab und für einen Moment herrschte eine schreckliche Stille in dem kleinen Café.

»Im Dunkeln und bei dem Wetter … da sind die Klippen ganz schön gefährlich«, sprach Kenna schließlich die Befürchtungen der anderen aus. »Hoffentlich ist ihr nichts passiert.«

DREI

3

KENNA UND DIE ANDEREN HATTEN ZWAR GROßE Taschenlampen gefunden, aber in dem Schneegestöber trauten sie sich nicht besonders weit. »Wir sollten zusammenbleiben«, empfahl Kenna Penny, Jem und Aileen, die sich dazu erbarmt hatten, bei der Suche zu helfen.

Clò Mòr, mit 280 Metern die höchsten Klippen von ganz Großbritannien, waren zwar noch etwa sechseinhalb Kilometer entfernt. Aber auch die Klippen hinter dem Leuchtturm gingen ziemlich steil in die Tiefe. Wer von dort hinab in die tosende Brandung fiel, war nicht mehr zu retten.

Kenna hoffte für Paula, dass sie nicht so dumm gewesen war, im Dunkeln und bei diesem Wetter zu nahe an die Klippen zu gehen, nur um Handy-Empfang zu bekommen. Wenn sie so dringend telefonieren musste, hätte sie doch wohl das Festnetz-Telefon im Restaurant benutzen können.

Der Suchtrupp blieb zur Sicherheit innerhalb der niedrigen Steinmauer, die den Leuchtturm-Komplex von Cape Wrath eingrenzte, und kam bald nass und frierend zu den Cottages zurück. Kenna hatte noch die letzte Hoffnung, dass Paula längst im Trockenen war. Doch Fehlanzeige. In den Schlafräumen schauten ihnen nur die besorgten Gesichter der anderen entgegen. »Komm, wir schauen noch mal ins Café, vielleicht ist sie dorthin zurückgekehrt«, sagte Kenna zu Jem.

Aber dort war alles dunkel. Sie sahen sich trotzdem noch einmal gründlich im Gebäude um, schauten selbst ins WC und im Vorratsraum nach.

Paula blieb verschwunden.

»Ich befürchte, wir können heute Nacht nicht mehr viel tun«, meinte Kenna. »Wir müssen Hilfe rufen.«

Sie hatte schon den Hörer in der Hand, aber in der Leitung tat sich nichts. Stirnrunzelnd legte Kenna wieder auf. »Das Telefon ist tot.«

Jem hatte ihr Handy vorgeholt. »Kein Empfang. Wir können es alle bei den Cottages noch mal versuchen, aber ich befürchte, hier gibt es einfach kein Netz.« Sie seufzte. »Ehrlich gesagt kann uns in diesem Schneesturm auch keiner helfen. Die schicken keine Helis oder Boote los.«

»Ja, und ich will auch nicht riskieren, dass noch jemandem etwas passiert, wenn wir jetzt alle draußen herumlaufen, um Empfang zu haben.« Kenna fuhr sich frustriert durch die Haare. »So ein Mist.«

»Du hast recht«, beruhigte Jem sie. »Wir müssen einfach bis morgen warten. Hoffentlich hat es dann aufgehört zu schneien, und bei Tageslicht können wir besser suchen.«

Die beiden kämpften sich durch Schnee und Wind zu den Cottages zurück, um den anderen die schlechte Nachricht zu überbringen. Die Frauen blieben noch eine ganze Weile auf und versuchten immer wieder zu telefonieren.

Die meisten schliefen nach und nach ein.

Kenna machte die ganze Nacht kein Auge zu. Jedes Mal, wenn der Sturm draußen ein Geräusch verursachte, dachte sie, es wäre Paula, die endlich den Weg zurückgefunden hatte.

Sie hoffte schon beinahe, dass die Waliserin von den Klippen gefallen war, denn wenn Paula bei der Kälte da draußen herumirrte, dann würde sie im Laufe der Nacht wahrscheinlich langsam und jämmerlich erfrieren. Am meisten hoffte sie natürlich, dass Paula irgendwo Unterschlupf gefunden hatte. Die Chancen dafür standen jedoch schlecht, wenn sie nicht zum Leuchtturm zurückgekommen war, denn die karge Gegend war kilometerweit unbewohnt.

In den frühen Morgenstunden musste Kenna doch ein bisschen eingenickt sein, denn sie schreckte mit einem komischen Gefühl hoch. Sie brauchte ein paar Sekunden, bis sie begriff, was es war: die Stille. Kein heulender Sturm mehr draußen.

Kenna sprang aus dem Bett und schaute aus dem Fenster. Ein überwältigendes Weiß blendete sie. Eine dicke Schneedecke hatte sich über die Moorlandschaft gelegt.

Andie, die auch aufgestanden war, sagte leise neben ihr: »Alles sieht so friedlich aus.«

Die beiden zogen sich schnell an. Dann stampften sie durch fast kniehohen Schnee zum Badezimmer. Dort standen schon ein paar der anderen Frauen an.

»Neun Frauen und ein Bad. Wer kam bloß auf die blöde Idee«, versuchte Carolyn zu scherzen.

»Ich gehe zum Café, da ist ja auch eine Toilette«, meinte Kenna.

»Oh, ich komme mit«, sagte Carolyn und verließ ihren Platz in der Schlange.

Mit Mühe schafften sie es zu dem anderen Gebäude. Dabei sah sich Kenna immer wieder um. Von Paula war keine Spur zu sehen, um sie herum war nichts als eine glatte, weiße Schneedecke. »Hoffentlich hat es hier irgendwo Schaufeln, damit wir einen Pfad zu den Cottages frei machen können«, meinte Kenna.

Sie ließ Carolyn den Vortritt im Bad. Als sie schließlich herauskam, hatte die ehemalige Oberhexe aus Pendle schon den Wasserkocher angestellt und Teetassen auf dem Tresen aufgereiht.

»Hör mal, ich muss dir was sagen«, sagte Carolyn schnell. »Du bist ja sozusagen keine von uns und außerdem noch Polizistin. Ehrlich gesagt, bist du die Einzige, der ich momentan trauen kann.«

Verwundert schaute Kenna hoch. »Trauen wegen was?«

»Paula hat mir gestern etwas erzählt.« Die sonst so schelmisch funkelnden Augen der Frau schauten ernst. »Cerys hat sie angerufen. Und ihr gesagt, dass einer der Frauen hier eben nicht zu trauen sei. Dass sich eine Verräterin in unserer Mitte befindet. Paula sollte mir Bescheid sagen, aber bevor sie erfahren hat, wie genau es mich betrifft oder was die Verräterin vorhat, wurde das Gespräch abgeschnitten. Paula war beunruhigt und wollte noch mal versuchen, Cerys zu erreichen. Sie hatte gesagt, bei den Klippen hätte sie vorhin Empfang gehabt. Ich befürchte, ihr ist etwas zugestoßen. Vielleicht hat die Person, diese Verräterin, mitbekommen, was Paula zu mir gesagt hat. Vielleicht ist sie ihr nachgegangen und …«

Carolyn biss sich auf die Lippe. Der Kessel pfiff und sie füllte mit zittrigen Händen heißes Wasser in die Teebecher.

»Es kann auch sein, dass ein Unfall passiert ist, weil sie zu nahe an den Klippenrand gekommen ist«, versuchte Kenna Carolyn zu beruhigen. Obwohl die Variante auch nicht viel besser war.

In jedem Fall sah es schlecht aus für Paula.

»Sag niemandem etwas davon, okay?«, meinte Kenna. »Wenn es eine Verräterin unter uns gibt – was auch immer das bedeuten mag – dann soll die nicht erfahren, dass wir ihr auf die Schliche gekommen sind.«

VIER

DAS FESTNETZ WAR IMMER NOCH AUSGEFALLEN.
Frustriert knallte Kenna den Hörer aufs Telefon.

Die Frauen saßen etwas ratlos mit ihrer dritten
Tasse Tee oder Kaffee in der Hand im Café und
schwiegen sich an.

Kenna schaute in die Runde und holte tief Luft.

»Ich weiß, ihr fühlt euch schlecht, weil Paula
etwas passiert sein könnte, aber wir haben keine
Ahnung, was geschehen ist. Und es ist nicht unsere
Schuld. Wir können nur alles tun, um das Problem zu
lösen, aber leider sieht es so aus, als ob wir von der
Außenwelt abgeschnitten sind. Wir sind eingeschneit
und können niemanden erreichen. Ich werde gleich
mit einer anderen Person eine vorsichtige Expedition
unternehmen, um zu schauen, ob wir irgendwo
Handy-Empfang bekommen können. Zu zweit ist es
sicherer, aber ich halte es für keine gute Idee, wenn
wir alle da draußen im Schnee herumirren.

Ansonsten bringt es nicht viel, wenn ihr hier rumsitzt und Trübsal blast. Ich schlage vor, ihr beschäftigt euch mit den Vorbereitungen für das Julfest, wie geplant.«

Penny stimmte ihr zu. »Außerdem hegen wir doch alle die Hoffnung, dass die alten Bräuche und Traditionen an einem solch bedeutsamen Tag im Jahr vielleicht ein bisschen Magie zurückbringen, nicht wahr? Ihr seid bestimmt alle genauso deprimiert wie ich, dass ihr keine Magie mehr habt und Paula nicht auf diese Weise helfen könnt. Denn hätten wir unsere magischen Begabungen noch, dann wüssten wir doch schon längst, was ihr passiert ist, oder hätten ein Unheil verhindert. Mit dem Wintersonnenwende-Ritual haben wir wenigstens eine geringe Chance, Paula zu helfen.«

»Eine sehr winzige Chance«, gab Aileen zu bedenken.

»Aber Penny hat recht«, lenkte Jem ein. »Lieber eine winzige Chance als gar keine.«

»Außerdem ist es besser, was zu tun zu haben, als hier rumzusitzen und sich nur Sorgen zu machen, wie Kenna gesagt hat«, fand auch Jessica.

»Okay, dann legen wir los«, sagte Eve erfreut und sprang auf.

Andie schaute ihr nachdenklich hinterher. »Ich komme mit dir, Kenna.«

Die beiden Frauen zogen sich warm an und kämpften sich draußen durch den Schnee.

Sie wagten sich näher an die Klippen heran, aber auch hier zeigten ihre Handys nicht auch nur einen Balken auf dem Display.

Nachdenklich schaute Kenna in Richtung Klippenrand. »Meinst du, Paula liegt dort unten?«

»Soweit ich weiß, geht es da ziemlich steil runter ins Meer. Wenn sie da runtergefallen ist, dann werden wir nicht viel von ihr sehen. Besonders wegen des Sturms in der Nacht – wer weiß, wo sie hingetrieben ist«, gab Andie zu bedenken.

Andie und Kenna entfernten sich vom Leuchtturm in Richtung Süden. Das Gelände fiel ab, die Küstenlinie formte eine Einbuchtung. Bald konnten die beiden von ihrem neuen Standort aus die schiere Steilwand vor dem Leuchtturm und die anderen Klippen davor sehen. Darunter rollten die kraftvollen Wellen des Atlantiks.

»Die arme Paula hatte keine Chance«, sagte Andie. »Gegen die Natur hier kommt kein Mensch an. Kein Wunder, dass dieser Ort Cape Wrath heißt – wie das Meer wütet.«

»Ach, weißt du, davon kommt der Name gar nicht. Das Wort leitet sich von dem altnordischen Wort für Umkehrpunkt ab. Die Wikinger kehrten von hier aus zurück in ihre Heimat. Mich interessiert so etwas, meine Familie stammt nämlich von den Nordmännern ab«, erklärte Kenna.

Andie nickte nur und hielt wieder ihr Handy in die Luft. »Mich würde interessieren, wo der Umkehrpunkt für das Handynetz ist.«

Kenna seufzte. »Ja, mir wäre auch viel wohler dabei, wenn wir jemanden über Paulas Verschwinden informieren können. Außerdem hätte ich gerne gewusst, wie die Lage hier beurteilt wird. Jetzt hat es schon wieder angefangen zu schneien.« Sie zeigte gen

Himmel, von dem sanfte, kleine Flocken zu Boden schwebten. »Wer weiß, wie lange wir hier festsitzen.«

Kenna versuchte weiter, trotz der Handyanzeige »Kein Netz«, im Wechsel den Notruf, ihren Vorgesetzen Inspektor Declan Reid und Cerys Adams zu erreichen. Ihr Bauchgefühl sagte ihr, dass sie unbedingt mit der ehemaligen walisischen Oberhexe sprechen musste. Und in beruflichen Situationen trog ihre Intuition selten. Was Liebe und Beziehungen anging, hatte sie überhaupt kein Radar, aber bei Ermittlungen … Und das hier war ja schließlich eine. Klar, es war möglich, dass Paula einen tragischen Unfall gehabt hatte. Aber Carolyns Worte ließen Kenna nicht mehr los.

»Wir gehen besser zurück«, unterbrach Andie ihre Gedanken. »Der Wind wird stärker.«

Kenna stimmte zu. Als wenn der Weg durch den Schnee nicht schon beschwerlich genug war, ging es jetzt auch noch bergauf. Nasse Flocken peitschten ihnen ins Gesicht.

»Du, sag mal«, keuchte Andie. »Findest du Eves Verhalten nicht auch ein bisschen merkwürdig? Paula ist schließlich ihre Schwester im Bunde. Sie scheint sich nicht sonderlich große Sorgen zu machen, so wie die anderen. Ich hatte erwartet, sie würde sich an der Suche nach einem Handy-Empfang beteiligen, um mehr für Paula zu tun.«

»Hmm«, machte Kenna. »Man weiß manchmal nicht so recht bei manchen Leuten. Wie sie sich nach außen hin verhalten, spiegelt nicht immer das wider, was sie fühlen. Vielleicht will sie auch lieber verdrängen, dass Paula einen tödlichen Unfall hatte.«

»Kann sein.«

Kenna sprach nicht aus, was ihr wirklich durch den Kopf ging. Wenn es eine Verräterin gab … dann war Eve eine gute Kandidatin dafür.

Andererseits konnte sie genauso gut jede andere verdächtigen.

Sie musste erneut mit Carolyn sprechen, damit die noch einmal Wort für Wort wiederholte, was Paula ihr gesagt hatte. Ihr Spürsinn signalisierte ihr, dass etwas dran war an dieser Geschichte. Aber sie wusste noch nicht, was.

Völlig geschafft kamen Andie und Kenna wieder im Café an. Die anderen machten ihnen heiße Getränke und Sandwiches.

Nachdem Kenna sich gestärkt hatte, fiel ihr wieder ein, dass sie mit Carolyn unter vier Augen sprechen musste. Leider sah sie die brünette Frau weder im Café noch in der Küche.

»Ist Carolyn in der Unterkunft?«, fragte sie in die Runde.

Alle zuckten nur mit den Schultern.

Jem und Penny gaben an, dass sie, bevor es angefangen hatte zu schneien, den Weg zur Unterkunft freigeschaufelt hatten – da war Carolyn nicht drüben gewesen. Jessica und Aileen hatten auch im Laufe des Vormittags getrennt von den anderen bei den Unterkünften Schnee geschippt und Carolyn nicht gesehen.

»Ich hatte eigentlich gedacht, sie hätte sich euch beiden angeschlossen«, meinte Eve stirnrunzelnd. »Sie hat hier mit uns Tee getrunken und sich dann die Jacke angezogen, kurz nachdem ihr raus seid.«

»Ich schau in den Cottages nach.« Kenna hievte

sich vom Stuhl, schlüpfte in ihre nassen Stiefel und zog die dicke Jacke wieder an.

Einen Moment lang hielt sie inne, als sie die Tür aufgemacht hatte. Sie spürte keine große Lust, sich erneut nach draußen ins Schneegestöber zu begeben, aber was blieb ihr anderes übrig.

Der freigeschaufelte Pfad würde bald wieder zuge-schneit sein, aber jetzt konnte Kenna noch relativ mühelos zur Unterkunft laufen.

Mit mulmigem Gefühl riss Kenna die Türen zu den Cottages und dem Bad auf. Sie rief Carolyns Namen in die Gebäude hinein und dann in die unheimliche, schneegedämpfte Stille.

Keine Antwort.

Panik breitete sich in Kennas Brust aus.

Ihr Kopf wollte es noch nicht ganz wahrhaben, aber ihr Bauch wusste es längst.

Carolyn war verschwunden.

FÜNF

KENNA SCHAUTE IN UNSICHERE, VERÄNGSTIGTE UND verwirrte Gesichter. Sie wünschte, sie könnte die Mienen der Frauen im Café so gut lesen, dass sie die Verräterin erkannte.

Dass es eine gab, daran hatte sie jetzt keinen Zweifel mehr. Paulas Verschwinden mochte ein Unfall gewesen sein – aber dass jetzt ausgerechnet Carolyn dasselbe passiert war, konnte Kenna nicht glauben.

Erstens wäre niemand, schon gar nicht die vernünftige ältere Frau aus Pendle, so blöd, sich bei dem Wetter da draußen in dieselbe Gefahr zu begeben, nach dem, was Paula offensichtlich zugestoßen war.

Zweitens hatten nur Paula und Carolyn von dem Gespräch mit Cerys gewusst, in dem die ehemalige walisische Oberhexe von der Verräterin gesprochen hatte. Jemand musste mit angehört haben, dass Paula Carolyn davon unterrichtet hatte. Oder … hatte

Carolyn nicht erzählt, dass es irgendwie um sie ging? Was, wenn die zwielichtige Frau, wer immer sie war, es von Anfang an auf Carolyn abgesehen hatte?

Fest stand, dass es unter ihnen jemanden gab, der zumindest für Carolyns Verschwinden verantwortlich war.

Kenna konnte nur hoffen, dass dieser jemand nichts von ihrer eigenen Kenntnis in der Sache wusste. Dann nämlich wäre sie wahrscheinlich als Nächste dran.

Davon abgesehen fand sie sowieso, dass es schlauer war, alles, was Carolyn ihr erzählt hatte, für sich zu behalten.

Doch die anderen waren ja auch nicht blöd und konnten sich schon ein paar Dinge zusammenreimen.

»Das kann doch gar nicht sein«, fing jetzt Penny an. »Erst Paula, jetzt Carolyn … glauben wir ernsthaft, dass beide einen Unfall hatten?«

Kenna zuckte mit den Schultern. »Ich habe ja bislang auch nur hier und in unserer Unterkunft nachgesehen. Wir müssen weitersuchen. Ich kann mir zwar wirklich nicht vorstellen, wo Carolyn hingegangen sein soll, aber wir suchen besser das ganze Gelände sorgfältig ab. Und wir sollten immer zusammenbleiben. Niemand von uns wird von jetzt an alleine irgendwo hingehen, verstanden?« Insgeheim war sie der Ansicht, dass sie auch nicht zu zweit unterwegs sein sollten, denn wenn eine der beiden die Verräterin war, dann könnte das für die andere schlecht ausgehen. Aber wie sollte sie das sagen, ohne gleichzeitig durchblicken zu lassen, dass sie auf jeden Fall eine aus ihrem Kreis für

Paulas und Carolyns Verschwinden verantwortlich machte?

Kenna holte tief Luft. »Für die Suche teile ich uns am besten in zwei Vierer-Gruppen auf. Jem, Penny, Jessica und Eve«, nannte sie die erste Gruppe, indem sie sich einfach danach richtete, wer mit wem ein Cottage teilte, »und Beth, Andie, Aileen und ich in der anderen Gruppe.«

Aileen musterte sie mit forschendem Blick. »Warum nicht in Zweiergruppen? Da kommen wir schneller voran«, stellte sie die intelligente Frage, die Kenna befürchtet hatte, und beantwortete sie gleich selber. »Du glaubst, jemand von uns hat etwas damit zu tun, dass Paula und Carolyn weg sind?«

Ihr Ton war überhaupt nicht anklagend, denn sie zog nur eine logische Schlussfolgerung, aber Eve reagierte sofort empört. »Das könnt ihr ja wohl nicht ernsthaft glauben?«, regte sie sich auf. »Wir haben hier alle ein Risiko auf uns genommen, um an diesem Julfest dabei zu sein. Wenn die Magier davon erfahren, wer weiß, was sie dann mit uns machen. Und jetzt beschuldigst du eine von uns, Paula und Carolyn irgendetwas Schreckliches angetan zu haben?«

Eves schrille Stimme überschlug sich fast.

Aileen hob die Hand. »Ich beschuldige überhaupt niemanden.«

Jessica klang etwas weinerlich, als sie sagte: »Warum sollte jemand Carolyn irgendetwas antun wollen?«

»Wir wissen nicht, was passiert ist, aber nur wir sind hier – im Umkreis von Dutzenden von Kilometern allein.

Wir sind hier eingeschneit.« Kenna erhob ihre Stimme: »Wenn den beiden etwas angetan wurde, dann liegt die Vermutung nahe, dass es jemand in diesem Raum war.«

»Sicher keine von uns Hexen, warum sollten wir unseren Schwestern etwas antun«, rief Eve gehässig. Mit bösem Blick auf Kenna fuhr sie fort: »Die Einzige, die dafür infrage kommt, bist du. Was machst du überhaupt hier?«

»Hey, hey«, ging Jem dazwischen. »Ich habe sie eingeladen. Und es bringt wohl nichts, wenn wir uns gegenseitig beschuldigen. Kenna und Aileen haben dennoch recht mit dem, was sie sagen.«

»*Wenn* Carolyn und Paula etwas angetan wurde«, riss Kenna das Wort wieder an sich. »Doch das wissen wir noch nicht. Vielleicht hatten beide tatsächlich einen tragischen Unfall oder etwas anderes ist passiert. Wir suchen jetzt erst einmal und dann sehen wir weiter.«

Mehr oder weniger mürrisch stimmten die anderen ihr zu. Andie lächelte Kenna aufmunternd an und Beth hakte sich bei ihr ein, als sie sich alle angezogen hatten. Wenigstens hatte Kenna die Tarbet-Hexen auf ihrer Seite.

Sie wollte eigentlich niemanden gegen sich aufbringen. Aber wenn Carolyn und Paula etwas zugestoßen war, dann war es ihre Aufgabe als Detective Inspector, die Sache zu untersuchen. Sie war hergekommen, um Freundschaften zu schließen, doch jetzt musste sie einfach in die Rolle der Ermittlerin schlüpfen. Auch wenn sie das wieder zur Außenseiterin machte.

SECHS

DER STARKE SCHNEEFALL, DER ANDIE UND KENNA BEI ihrer Suche nach einem funktionierenden Handynetz dazwischengekommen war, hatte mittlerweile wieder nachgelassen.

Das vereinfachte das Unterfangen der beiden Gruppen etwas. Trotzdem kamen sie durch die dicke Schneedecke nicht richtig voran. Einige der Frauen beschwerten sich ziemlich schnell über nasse Füße und durchgeweichte Klamotten. Nicht alle hatten adäquate Kleidung dabei – sie waren für einen Winter in Schottland angezogen, aber ein solches Schneechaos hatte wohl kaum eine von ihnen erwartet.

Während Kennas Gruppe auf dem Weg zu den Außengebäuden war, die auch als Lloyds Buildings bekannt waren, wollte sich die andere Gruppe den Leuchtturm näher ansehen.

So viele Meter trennten sie noch nicht, denn Kenna hörte, wie Eve sich beschwerte. Auch Jessica

33

jammerte bald, dass sie einfach nicht richtig für eine solche Expedition ausgerüstet war. »Ich kann mir nicht vorstellen, dass Carolyn hier lang ist. Wir haben ähnliche Sachen gepackt. Sie hatte auch bloß ganz normale Wanderschuhe an. Warum soll sie sich das angetan haben?«

»Irgendwohin muss sie ja sein«, hörte Kenna Penny antworten. »Der verdammte Schnee ist überall.«

Eve quäkte irgendwas Unverständliches.

Jem rief: »Kenna, du hast gesagt, dass wir zusammenbleiben sollen. Aber ist es okay, wenn Penny und ich allein zum Leuchtturm gehen? Wir haben Stiefel an und die anderen beiden nicht.«

Kenna fluchte leise. Was sollte sie jetzt sagen? »Okay«, gab sie nach kurzem Hadern nach.

»Wartet kurz«, sagte sie zu den anderen in ihrer Gruppe. Dann rief Kenna Eve und Jessica, die unschlüssig stehen geblieben waren, zu: »Schaut euch doch noch mal die Cottages und das Bad ganz genau an. Vielleicht habe ich vorhin etwas übersehen, das darauf hindeuten könnte, was Carolyn passiert ist.«

Dann raunte sie Andie zu: »Geh mit ihnen.« Andie sah sie etwas erstaunt an, nickte dann aber.

Kenna rieb sich die mittlerweile sehr kalte Nasenwurzel. Sie war sich ziemlich sicher, dass sie Andie trauen konnte. Immerhin war sie mit ihr zusammen gewesen, als Carolyn verschwunden sein musste.

Sie wollte natürlich gerne alle Tarbet-Hexen als Verdächtige ausschließen, aber sie wäre eine schlechte Ermittlerin, wenn sie sich nicht an die Fakten halten würde.

Dennoch. Jem war eine Freundin von ihr und sie hatte Kenna eingeladen. Wenn sie etwas Kriminelles vorgehabt hätte, wäre sie ja wohl nicht auf die Idee gekommen, eine Polizistin mit an diesen Ort zu nehmen. Die ehemalige Wetterhexe stand zumindest weit unten auf ihrer Liste von Verdächtigen. Und Andie hatte einfach keine Gelegenheit gehabt, zumindest, was Carolyn anging.

Ein kleiner Knoten löste sich in Kennas Magengegend. Es war gut, hier wenigstens ein paar Verbündete zu haben.

Zusammen mit Aileen und Beth machte sich Kenna auf den Weg zu den zugemauerten Lloyds-Gebäuden. Es handelte sich dabei um eine Signalstation der Versicherungsgesellschaft Lloyds, die im 19. Jahrhundert am Cape Wrath die Schifffahrt überwacht hatte.

Der jetzige Besitzer hatte Beth die Geschichte am Telefon lang und breit erzählt. »Die Cottages, in denen wir wohnen, dienten als Unterkünfte für den Leuchtturmwärter und die Arbeiter«, gab sie ihr Wissen weiter. »Sie sind renoviert und zu Hostel-Schlafräumen umgebaut worden. Diese Gebäude hier, die mal Unterkünfte für die Signalstation-Mitarbeiter gewesen waren, sind nur noch Ruinen. Da ist die eigentliche Signalstation.« Beth zeigte darauf. »Das andere ist ein Nebengebäude, das wahrscheinlich für die Wäscherei und als Schuppen diente. Das soll total zugemauert sein.«

Die drei Frauen umrundeten besagtes Nebengebäude vorsichtig, um in dem tiefen Schnee nicht über irgendwelche Steine oder sonstiges zu stolpern. Sie fanden aber tatsächlich keinen Eingang. Und auch keinen Hinweis auf Carolyn.

Aileen blieb so abrupt stehen, dass Kenna in sie hineinlief. »Was ist?«

Die Schottin mit den schwarzen Haaren kniff die Augen zusammen. »Sind das Spuren?«

Es waren tatsächlich Dellen in der sonst glatten Schneedecke in der Nähe der Signalstation zu sehen, aber es war schwer zu sagen, woher diese rührten. Vielleicht handelte es sich lediglich um Vertiefungen im Boden. Kenna versuchte sich daran zu erinnern, wie die Umgebung der Lloyds-Gebäude bei ihrer Ankunft ausgesehen hatte, als noch kein Schnee gelegen hatte. Aber sie hatte einfach nicht darauf geachtet. Zu sehr war sie mit ihrer Unterkunft und mit den Sorgen beschäftigt gewesen, in die Gruppe zu passen.

Vorsichtig näherte sie sich den vermeintlichen Spuren. Wenn es hier Löcher im Boden gab, dann könnte sie womöglich umknicken oder sich anderweitig verletzen.

Beth und Aileen waren hinter ihr. Behutsam wischte Kenna die oberen Lagen Schnee weg. Ihre Finger waren schon taub. Sie hatte ganz normale Fingerhandschuhe aus Merinowolle an, die bei kaltem Wetter sehr nützlich waren, aber gegen Schnee natürlich keine Chance hatten.

Trotzdem grub sie ein wenig weiter. Plötzlich war der Schnee nicht mehr gräulich weiß, sondern rostbraun. Kenna erstarrte. »Mist«, fluchte sie.

»Was ist denn?«, fragte Beth.

Anstatt zu antworten, folgte Kennas Blick den

Dellen in der Schneedecke. Es sah doch ganz so aus, als ob sie vom Nebengebäude zur Signalstation führten, oder täuschte sie sich?

»Bleibt, wo ihr seid!«, rief sie den anderen beiden zu.

Sorgsam, um nicht durch eventuelle Spuren zu laufen, folgte sie der gedachten Linie zur anderen Ruine.

»Hast du was gesehen?«, hallte ihr Beths Stimme hinterher.

»Vielleicht«, rief sie zurück. »Wartet einfach da!«

Die Ruine der Signalstation war nicht zugemauert. Ein Dach hatte das Gebäude auch nicht mehr wirklich.

Kenna spähte durch ein großes Loch in der Mauer. Im Inneren lag ebenfalls Schnee, aber nicht so viel wie draußen. Doch genug, dass sich die rostrote Farbe sehr gut vom Schneeweiß abheben konnte.

Hier war definitiv Blut geflossen.

Sehr viel Blut.

SIEBEN

VÖLLIG ERSCHÖPFT SAßEN KENNA, ANDIE, BETH, Aileen, Jem und Penny an den zusammengeschobenen Tischen im Café. Kenna konnte die Augen kaum offen halten und nahm noch einen Schluck von dem starken Kaffee, den Jessica auf ihre Bitte hin gemacht hatte.

Während die rundliche Blondine auch den anderen Kaffee und Tee nachschenkte, kochte Eve in der Küche das Mittagessen. Die beiden Hexen aus Wales und Lancashire waren im Gebäude geblieben, als die anderen den Schnee um die Signalstation herum umgewälzt hatten.

Es stimmte, dass die beiden kleidungstechnisch nicht so gut ausgerüstet waren – allerdings waren die Kleider einiger der anderen Frauen auch nicht gerade winterfest gewesen. Aber Eve und Jessica hatten beide ehemalige Schwestern im Bunde verloren, weshalb Kenna die Ausrede hatte gelten lassen. Und jetzt war sie froh, dass zwei Frauen in der Gruppe sich um die anderen kümmern konnten.

Natürlich hätte Kenna lieber vermieden, die gesamten Spuren um die Signalstation zu zerstören – irgendwann musste sich die vermaledeite Wettersituation ja mal so weit bessern, dass sie Hilfe holen und die zuständige Behörde ihre Leute von der Spurensicherung schicken konnte. Aber da sie in der Ruine nur viel Blut und keine Carolyn gefunden hatten, bestand die Möglichkeit, dass die ehemalige Oberhexe aus Pendle irgendwo unter der Schneedecke in der direkten Umgebung begraben war. So hatte Kenna sich damit begnügt, das Handy zu zücken und alles so gut wie möglich mit Videos und Fotos zu dokumentieren.

Dann hatte sie sich Tupperdosen und einen Edding aus der Küche bringen lassen. Sie hatte eine Probe vom Blut im Schnee am Anfang der Spur genommen und den Behälter beschriftet.

Noch mehr solcher Proben waren nach und nach in weiteren Aufbewahrungsdosen gelandet, als mehr rostroter Schnee entlang der Strecke zur Signalstation aufgedeckt worden war. Die Tupperdosen mit den Proben lagerten jetzt in der Gefriertruhe.

Nur eine Leiche hatte die anstrengende Schneeschaufelei nicht zutage gefördert. Sie hatten noch nicht mal Kleidung oder sonst eine Spur von Carolyn gefunden.

Für Kenna hatte es so ausgesehen, als ob jemand Carolyn neben dem zugemauerten Lloyds-Gebäude schwer verletzt hatte. Die Person hatte die blutende Frau dann entweder zur Signalstation geschleppt oder

Carolyn hatte es geschafft, selber dorthin zu gelangen. Der Menge an Blut nach zu urteilen, konnte es sein, dass sie dort verblutet war. Aber wo war Carolyns Leiche? Wie war sie von dort wieder weggekommen?

Es führten keine Spuren von der Signalstation weg. Ja, es hatte wieder geschneit, aber schließlich hatten sie Spuren zur Hütte hin erahnen können. Das hätte auch bei etwaigen anderen Spuren der Fall sein müssen.

Es war ein bisschen so, als hätte sich Carolyns Körper in der Signalstation in Luft aufgelöst. Kenna rieb sich das müde Gesicht. Das konnte nicht sein, also musste sie eine andere Erklärung finden.

Eve stellte einen Topf mit dampfendem Eintopf auf den Tisch. Kenna nickte ihr dankbar zu. Die heiße Mahlzeit würde ihnen guttun.

Beth hatte gejammert, als nach ihrer Rückkehr ins Café wieder Wärme und Leben in ihre Hände geströmt war. Kenna hatte selbst erlebt, wie sehr das unangenehme Kribbeln in den Fingern schmerzte.

Andie sah jetzt immer noch total verfroren aus. Und Aileen war sogar noch blasser als ohnehin schon.

Aber nicht nur die Kälte hatte die Frauen am Tisch betäubt, merkte Kenna jetzt, als sie eine nach der anderen ansah. In den Gesichtern der ehemaligen Hexen spiegelte sich die Erkenntnis wider, dass etwas ganz Schreckliches passiert sein musste. Etwas, das keine so ganz fassen konnte.

Auch wenn Kenna natürlich immer noch nicht die Möglichkeit aufgegeben hatte, dass Carolyn lebte – sie hoffte inständig, dass dem so war – befand ein Teil von ihr, es wäre besser gewesen, sie hätten die Leiche gefunden.

So wussten sie alle überhaupt nicht, was los war. Die ganze Situation war verunsichernd und surreal – bestimmt fühlten sich die anderen Frauen genauso hilflos wie sie auch.

Nur konnte Kenna sich diesem Gefühl nicht hingeben. Sie musste sich zusammenreißen. Die anderen verließen sich auf sie – bewusst oder unbewusst – als Polizistin und Expertin in dieser Lage.

Kenna musste unbedingt so viel Kontrolle über die Situation bewahren, wie es irgend möglich war. Mit den Emotionen dieses Traumas konnte sie sich immer noch später auseinandersetzen, wenn hoffentlich bald alles vorbei war.

Die Frauen hier brauchten sie jetzt.

Carolyn und Paula brauchten sie.

Kenna wartete, bis sich alle gestärkt hatten.

Dann stand sie auf und ergriff das Wort.

»Es ist schwierig, die Tatsachen laut auszusprechen, weil auch ich sie nicht wahrhaben will. Aber das hilft nichts. Wir müssen den Fakten ins Auge sehen. Die Wahrscheinlichkeit ist groß, dass Paula und Carolyn etwas Schreckliches zugestoßen ist. Wir haben geglaubt, Paula habe einen Unfall gehabt, als sie beim Telefonieren zu nahe an den Rand der Klippen gegangen war. Jetzt ist auch Carolyn verschwunden. Wir können nicht sicher sein, weil wir nach Paulas Verschwinden aufgrund des Schneefalls das Gelände nicht vollständig durchkämmen konnten, aber ich habe die starke Vermutung, dass es sich bei den Blutspuren um Carolyns handelt. Wir wissen nicht, was Paula und Carolyn geschehen ist, aber jemand hat eine Menge Blut verloren und es ist unwahrscheinlich, dass die Person überlebt hat.«

Jessica, die mittlerweile auch am Tisch saß, hatte Tränen in den Augen. Auch die anderen sahen völlig verstört aus. Schnell sprach Kenna weiter.

»Wir könnten spekulieren, was passiert ist, aber das bringt uns augenblicklich nicht weiter. Die oberste Priorität ist es jetzt, Hilfe zu holen. Das Festnetz ist immer noch tot, aber ich möchte, dass alle Viertelstunde probiert wird, ob es wieder funktioniert. Jessica und Beth – ich übertrage euch dafür die Verantwortung. Ihr könnt euch abwechseln, wie ihr wollt, sprecht euch einfach ab.«

Kennas Erfahrung nach war es hilfreich, wenn man Aufgaben verteilte, um von dem Schock abzulenken und das Gefühl der Hilflosigkeit zu vertreiben.

»Jem und Penny haben gesagt, der Leuchtturm ist verschlossen. Das Lichtsignal wird natürlich automatisch betrieben, aber ich hatte dennoch gehofft, es gäbe eine Funkstation oder Ähnliches dort drin. Ich suche hier im Café weiter nach einem Schlüssel. Keiner von uns hatte bislang Handyempfang, aber wir müssen es weiter versuchen. Wir bleiben in unseren aufgeteilten Gruppen zusammen und wechseln uns ab. Alle halbe Stunde geht eine andere Gruppe nach draußen, patrouilliert durch die Umgegend und versucht, zu telefonieren. Seid einfach vernünftig, bringt euch nicht selber in Gefahr und bleibt zusammen.«

Kenna hatte irgendwelche Proteste oder zumindest leicht hysterische Kommentare erwartet. Schließlich konnten sich auch die anderen zusammenreimen, dass jemand Carolyn und vielleicht auch Paula etwas angetan hatte. Wer nicht wusste, dass es eine Verräterin gab, musste davon ausgehen, dass da draußen vielleicht ein Verrückter herumlief. Anderseits – wer konnte sich in der unwirtlichen Umgebung, bei Kälte und Schnee herumtreiben und dabei keine Spuren hinterlassen?

Was auch immer jeder einzelnen Frau durch den Kopf ging, alle blieben ruhig und stimmten Kenna zu. Vielleicht waren sie einfach nur froh, dass jemand die Führung übernahm.

Jem war die Erste, die sprach. »Was ist mit dem Ritual heute Abend?«

»Ja, wir sollten es weiter vorbereiten«, sagte Penny mit entschiedener Stimme.

Kenna sah die beiden Tarbet-Hexen etwas entgeistert an. Wie konnten sie jetzt daran denken?

ACHT

»ICH HOFFE DOCH SEHR, DASS WIR BIS DAHIN JEMANDEN erreicht haben und nicht mehr hier sind«, sagte Kenna zu Jem und Penny, die auf Teufel komm raus das geplante Ritual am Abend durchziehen wollten.

Kenna wunderte sich, dass ihren sonst so empathischen Freundinnen das Verschwinden der anderen beiden Frauen nicht viel wichtiger war.

»Und wenn nicht?«, stellte Jem die Gegenfrage. »Sieh mal, es schneit schon wieder.«

Kenna schaute aus dem Fenster und versuchte, ihre Niedergeschlagenheit zu verbergen.

»Wenn wir heute Abend noch hier sind, sollten wir definitiv das Ritual durchziehen«, sprach Penny schon weiter. »Wir sollten die Gelegenheit nicht verstreichen lassen. Es besteht immerhin die ganz geringe Möglichkeit, dass an diesem Abend, wenn die Tore zur Magie weit offen stehen, ein bisschen unserer Begabung zu uns zurückkehrt. Ich muss euch nicht sagen, wie wertvoll das wäre – auch für Paula und Carolyn. Vielleicht hat Andie eine Vision über das Schicksal einer der beiden. Oder Jem kann endlich was gegen den Schnee unternehmen und wir bekommen Hilfe.«

»Ich bin eine Wetterhexe«, rief Jem und ihre Gesichtszüge waren hart. »Hier eingeschneit zu sitzen und nichts tun zu können – glaubt mir, es gibt nichts, was frustrierender sein könnte. Wenn die geringste Chance besteht, dass auch nur ein Funken meiner Begabung zurückkommt, dann will ich es unbedingt versuchen.«

Kenna runzelte die Stirn. Sie hatte nicht gewusst, dass die ehemaligen Hexen so viel Hoffnung in das Julritual steckten, auch wenn sie vorhin etwas angedeutet hatten. Ihr hatte es sich so dargestellt, als ob sie einfach die Bräuche und Traditionen aufrechterhalten wollten.

Sie war sich nicht sicher, was sie davon halten sollte.

Aber die Organisation der Feier würde die anderen wenigstens beschäftigen und ablenken.

Deshalb stimmte sie zu. »Aber die Telefon-Patrouille hat oberste Priorität. Und bleibt zusammen«, wiederholte sie zum x-ten Mal.

Die Hexen sprachen sich ab, wer welche Aufgaben übernehmen sollte.

Kenna nahm nur an den Handy-Empfangs-Expeditionen teil, die leider erfolglos blieben. Weit kamen sie draußen in dem Schnee auch nicht.

Nachdem sie vergeblich den Schlüssel zum Leuchtturm gesucht hatte, saß Kenna in ihren freien halben

Stunden im Café und machte sich Notizen zu dem Fall.

Sie trug das kleine Notizbuch, in das sie ihre Gedanken schrieb, immer bei sich. Sie wollte auf keinen Fall, dass jemand mitbekam, wen sie verdächtigte.

Andie MacLeod: War mit mir zusammen, als Carolyn verschwunden ist. Kann als Verdächtige ausgeschlossen werden.

Beth Campbell: Beth kenne ich am wenigsten von den Tarbet-Hexen. Sie ist erst vor ein paar Jahren zu dem Zirkel aus der Heimat ihrer Großmutter gestoßen. Wie loyal ist sie ihren ehemaligen Schwestern im Bunde gegenüber? Es war Beths Idee gewesen, hierher nach Cape Wrath zu kommen. Es sollte ein abgelegenes Plätzchen sein, um ungestört das Wintersonnenwendefest begehen zu können, aber vielleicht hatte sie noch einen anderen Grund, diese Frauen an einen isolierten Ort zu locken? Andererseits: Beths magische Begabung war es gewesen, Geister zu sehen. Würde sie andere töten und verraten, um ein solches Talent wiederzubekommen? (Dieses Gegenargument gilt allerdings nur, wenn ich davon ausgehe, dass das Motiv der Verräterin mehr magische Macht ist.)

Jem Rivers: Ich kenne Jem am besten von allen und betrachte sie als Freundin. Ich dachte, ich kann sie als Verdächtige ausschließen, weil sie mich eingeladen hat. Aber sie hat mir auch vorenthalten, was offensichtlich der wahre Zweck des Julfests sein sollte. Und sie scheint sehr frustriert darüber, dass sie ihre magi-

sche Gabe verloren hat. Sie ist sehr motiviert, etwas zu unternehmen. Ihr Freund ist auf der Flucht und ihre Beziehung steht in den Sternen. Vielleicht hat sie sich in ihrer Not auf einen Bund mit den Magiern eingelassen?

Penny Reid: Als Kräuterhexe, deren Geschäft und damit Lebensunterhalt auf ihrer magischen Begabung aufgebaut war, hat auch sie sehr viel verloren, als ihr die Magier ihre Gabe nahmen. Ähnlich verzweifelt wie Jem? Die beiden sind immer zusammen und scheinen unter einer Decke zu stecken. Außerdem sind beide extrem gut ausgerüstet. Sie hatten natürlich nicht ahnen können, dass es so schneit, aber man könnte argumentieren, dass sie auf alle Eventualitäten sehr gut vorbereitet waren.

Eigentlich möchte ich alle Tarbet-Hexen ausklammern. Ich denke, dass ich ihnen trauen kann. Aber als Ermittlerin muss ich mich strikt an die Fakten und nicht an Gefühle halten. Und selbst wenn ich auf mein Bauchgefühl höre, dann muss ich zugeben, dass mich etwas an Jems und Pennys Verhalten beunruhigt. Ich war überrascht, dass sie das Ritual durchziehen wollten, aber ihre Argumente waren recht logisch. Was genau ist es also, das mich stört?

Und würden nicht alle Tarbet-Hexen unter einer Decke stecken, wenn eine die Verräterin ist? Sie sind alle gut miteinander befreundet. Andie hatte zwar keine Gelegenheit, Carolyn etwas anzutun, aber sie und Jem gehören einer Familie an – sie ist ihre Stiefmutter. In diesem Zusammenhang ist es auch verdächtig, dass sie Tessa und Jojo, Jems jüngere Schwestern, nicht mitgebracht haben. Ja, ein gewisses Wagnis bestand, sich hier zum Julfest zu treffen, und sie wollten die Mädchen diesem

Risiko nicht aussetzen. Was, wenn sie gewusst hatten, dass hier etwas viel Schlimmeres als ein harmloses Ritual passieren würde und sie deshalb die Teenager zu Hause gelassen hatten? Wenn die Tarbet-Hexen etwas »Schlimmeres« vorhatten, könnte es eventuell mit Andies Job zu tun haben. Sie ist Genetikerin und hat eine Art Obsession für das Hexen-Gen entwickelt. Was, wenn sie über Leichen geht und bereit ist, einige der Hexen für Experimente zu opfern, um alle anderen zu retten?

Schließlich muss »Verräterin« nicht bedeuten, dass diejenige mit den Magiern gemeinsame Sache macht. Wenn dem so wäre, warum sind die nicht längst hier? Sie könnten auch trotz Schnee hierhergelangen und uns den Garaus machen. Was, wenn Cerys' Verräterin einfach einen anderen, moralisch bedenklicheren Weg eingeschlagen hatte, statt mit dem von Cerys und der Tarbeter Oberhexe Fionna organisierten Widerstand weiterzumachen?

Jessica Sommers: Hatte eine persönliche Beziehung zu einem der Opfer – Carolyn war ihre ehemalige Oberhexe. Sie scheint sich tapfer zu halten, zeigt sich aber angemessen von Carolyns Verschwunden betroffen. Sonst weiter unauffällig. Schlecht ausgerüstet, um einfach mal im Schneesturm nach draußen zu schleichen und eine andere zu überwältigen. Andererseits besteht natürlich die Möglichkeit, dass Paulas Verschwinden tatsächlich ein Unfall war und nichts mit Carolyns vermutlich gewaltsamem Ende zu tun hat. Dann kann es sein, dass dies ein Resultat eines Streits war. Geht es hier allein um eine persönliche Sache zwischen Jessica und Carolyn?

Das wäre aber ein sehr großer Zufall, wenn der »Verräterin«-Anruf nichts damit zu tun hat. Besonders weil Cerys angeblich gesagt hat, die Verräterin habe es auf Carolyn abgesehen.

Die Möglichkeit besteht, dass die Magier Jessica einen ähnlichen Deal angeboten haben wie damals den Mull-Hexen. Die hatten ihre Magie behalten dürfen, wenn sie als Handlanger für die Magier arbeiteten. Carolyn hätte sich darauf nicht eingelassen – musste sie deshalb beseitigt werden? Wurde Jessica damit geködert, dass sie dann Oberhexe des Pendle-Zirkels werden würde?

Herausfinden, was Jessicas Magie war, und wieso der Pendle-Zirkel für die Magier interessant sein könnte, um die Theorie zu prüfen.

Eve Adams: Eve schien nicht besonders betroffen von Paulas Verschwinden. Dabei war sie ihre Schwester im Bunde. Gab es einen Grund, dass Cerys Paula angerufen hat und nicht ihre Cousine Eve? Und wusste gerade Cerys von der Verräterin, weil es sich um eine Frau aus ihrem Zirkel handelte?

Andererseits: Hätte Cerys den Anruf nicht mit diesem schockierenden Fakt angefangen, statt sich diese Information für das leider nicht stattgefundene Ende des Gesprächs aufzuheben?

Und man kann nicht immer etwas auf das nach außen gezeigte Verhalten einer Person geben; vielleicht war Eve nur besonders gut darin, ihre Gefühle zu verbergen.

Auch ist sie schlecht ausgerüstet und kommt eigentlich eher zimperlich rüber – vielleicht nur eine gute Schauspielerin?

Aileen Stewart: Scheint definitiv nicht zimperlich zu sein. Eher taff. Ansonsten völlig unergründlich. Ihre Rolle in dem Ganzen gänzlich unbekannt.

Versuche auch hier, magische Begabung und mögliches Motiv zu ermitteln.

NEUN

Gegen Abend hatte es endlich aufgehört zu schneien.

Nun konnte ein Platz vor dem Café freigeräumt werden, denn dort draußen sollte das Julfeuer brennen. Für diesen Zweck hatten die Hexen aus Tarbet extra eine Feuerschale mitgeschleppt.

Ein zentraler Brauch beim Julfest war das Verbrennen des sogenannten Julklotzes. Dieser Klotz wurde schon seit eh und je zur Wintersonnenwende am Herdfeuer entzündet. Traditionell sollte der Julklotz dann während der Rauhnächte, die zwölf Tage nach Weihnachten, brennen. Das brachte Segen über den Haushalt.

Penny und ihre Gruppe waren für die Feuerstelle und die Vorkehrungen für die Riten zuständig gewesen und hatten deshalb auch den Julklotz vorbereitet.

Der Julklotz, so ließ sich Kenna von Penny erklären, bestand aus Eichenholz und Pappelholz. Man konnte verschiedene Hölzer nehmen und sie alle hatten unterschiedliche Bedeutungen. Die Pappel stand für Spiritualität und die Eiche für Weisheit und Kraft. Zu den Hölzern kamen noch Pflanzen, wie Mistelzweige und andere bedeutsame Kräuter. Das Ganze wurde mit Bändern zusammengeschnürt.

Für Kenna sah es wie ein tolles Dekostück aus und sie fand es fast schon schade, dass man es nachher verbrennen würde.

Die anderen Frauen aus Kennas Gruppe hatten das Festmahl zubereitet.

Kenna war rechtzeitig mit ihren Notizen zu der Ermittlung fertig gewesen, um noch dabei zu helfen, eine große Käseplatte zurechtzumachen. Die sollte erst nach dem Julritual serviert werden.

Als sich die Frauen zum Essen hinsetzten, herrschte sehr gedrückte Stimmung. Sie hatten niemanden erreicht. Das Festnetz funktionierte immer noch nicht. Kenna setzte ihre ganze Hoffnung auf einen Wetterumschwung – wenigstens hatte es nicht noch mal geschneit.

Übermorgen früh sollten sie eigentlich nach Hause fahren – spätestens dann, wenn sie dort nicht auftauchten, würden sich die Daheimgebliebenen genug Sorgen machen, um jemanden zu informieren.

Zur Not mussten sie einfach bis dahin durchhalten.

Das Festmahl lief relativ schweigsam ab. Alle schienen sich auf das leckere Essen zu konzentrieren. Es gab ein traditionelles schottisches Weihnachtsmenü. Gefüllter Truthahn mit Haggis, Rosenkohl, Yorkshire Puddings, »neeps und tatties« – also Steckrüben und Kartoffeln -, Blutwurst, kleine Würstchen im Speckmantel. Zum Nachtisch wurde ein Clootie Dumpling serviert, eine schottische Version des Fruchtkuchens, des sonst üblichen Christmas Puddings. Clootie ist die Bezeichnung für das Stück Stoff, in den der Kuchenteig eingewickelt wird. In dieser Verpackung wird der Kuchen dann in heißem Wasser gekocht.

Schließlich schlug Jem vor, dass man sich darüber austauscht, wie in den verschiedenen Zirkeln in Großbritannien die großen Feste wie Beltane und Jul traditionell begangen wurden. So kamen einige interessante Gespräche in Gang, bei denen sie Carolyns und Paulas rätselhaftes Schicksal als Thema vermeiden konnten.

Kenna beteiligte sich nicht, sondern lauschte nur.

So bekam sie immerhin mit, dass Aileen Visionen gehabt hatte, ähnlich wie Andie. Und Jessica war, genau wie Carolyn auch, in der Lage gewesen, Objekte zu verzaubern. Man nannte das wohl auch Elementarmagie, und Kenna hatte schon gehört, dass Fionna, die Oberhexe des Tarbeter Zirkels, diese Gabe gehabt hatte – und die war sehr mächtig. Ja, sie war noch dazu Kind eines Magiers, aber trotzdem …

»Kenna?«

Die Polizistin blinzelte und schaute ihre Tischnachbarin an. Es war Eve.

»Entschuldige, ich war ganz in Gedanken. Was hast du gesagt?«

»Ich wollte wissen, ob ich dir noch Wein nachschenken kann.«

Kenna hielt eine Hand über ihr Weinglas. »Nein, danke.« Sie wollte unbedingt einen klaren Kopf bewahren und das halbe Glas, das sie zur Hauptspeise gehabt hatte, reichte ihr.

»Sag mal, was hattet ihr eigentlich für magische Begabungen im Waliser Zirkel?«, nutzte Kenna die Gelegenheit.

Eve kniff misstrauisch die Augen zusammen. »Wieso willst du das denn wissen?«

Kenna zuckte mit den Schultern. »Einfach nur so. Es interessiert mich.«

»Versteh mich nicht falsch, aber bis vor Kurzem haben noch nicht mal die Zirkel untereinander ausgetauscht, welche magischen Gaben sie hatten. Es diente zum Schutz der Schwestern. Und ich glaube, das war gar keine so verkehrte Idee.« Eve wandte sich ab und schenkte ihrer Nachbarin zur Rechten, Aileen, Wein nach.

Kenna kam nicht mehr dazu, nachzuhaken, denn es war bald an der Zeit, nach draußen zu gehen und den Julklotz anzuzünden.

Um sich gegen die Kälte zu wappnen, hatte jede der Frauen eine Tasse mit Whisky-Punsch in der Hand, als sie nach draußen gingen.

Skeptisch warf Kenna einen Blick zum dunklen Himmel. Wenigstens sah es nicht so aus, als ob es bald wieder schneien würde. Auch der Wind, der von der Küste her wehte, schien nicht ganz so stark; obwohl das auch daran liegen konnte, dass sie hinter dem länglichen Gebäude geschützt waren.

Das Feuer in der Schale war schnell entfacht und alle gingen ein wenig näher heran, um sich an der Hitze zu wärmen. Penny sagte ein paar feierliche Worte.

»Eigentlich hätte Carolyn als Älteste die Zeremonie führen sollen«, erklärte sie. »Als Nächstälteste übernehme ich jetzt diese Rolle.«

Die Julzeremonie beinhaltete einige Chorgesänge auf Gälisch, bei denen Kenna nicht mitmachte. Aber auch sie fühlte die ehrfürchtige Stimmung, als der Julklotz angezündet wurde.

Für einen Augenblick waren alle still.

Etwas zischte, als es verbrannte. Der Geruch von Tannennadeln und Kräutern lag in der Luft.

Kenna starrte in das Feuer und sah aus dem Augenwinkel, dass etwas zu ihrer Rechten vor sich ging. Weitere Lichter erhellten dort die dunkle Nacht.

Sie wandte den Kopf. Auf einer Art Altar standen drei große weiße Kerzen. Die in der Mitte brannte. Im Licht der zuckenden Flammen erkannte Kenna die langen blonden Locken der Frau, die sie angezündet hatte. Es war Penny, die sich jetzt umdrehte.

Obwohl die ehemalige Kräuterhexe nicht laut sprach, kam es Kenna so vor, als hallten ihre Worte durch die andächtige Stille.

»Die Wintersonnenwende bedeutet, vom Alten Abschied zu nehmen und das Neue zu begrüßen. Die Sonne kehrt zur Erde zurück und der Kreis des Lebens fängt wieder von vorne an: Geburt, Leben, Tod und Wiedergeburt. Die Alte wird als Jungfrau wiedergeboren. Alte, komm zu mir.«

Eine der Frauen löste sich aus der Gruppe beim Feuer und ging zu Penny.

Kenna konnte nicht erkennen, um wen es sich handelte, denn diejenige, die in diesem Ritual die »Alte« spielte, hatte sich ein langes, fließendes, dunkles Cape mit großer Kapuze übergezogen.

Penny reichte ihr eine der Kerzen vom Altar und nahm dann die brennende, um den Docht der Kerze in der Hand der »Alten« anzuzünden.

Anschließend rief Penny die »Jungfrau« zu sich. Die trug ein weißes Cape.

Die »Jungfrau« bekam die letzte, noch nicht brennende Kerze überreicht.

Penny sprach: »Das Jahresrad hat sich wieder gedreht. Die Zeit der Jungfrau ist gekommen. Wenn du dich niederlegst, Alte, wird sie wiedergeboren.«

Die »Alte« im schwarzen Cape hielt ihre Flamme an den Docht der Kerze der »Jungfrau«. Die Frau im weißen Cape wandte sich zu der Gruppe vor dem Feuer um. Kenna erkannte jetzt, dass es Jessica war. Die »Jungfrau« streckte die Kerze vorsichtig hoch, die Flamme mit einer Hand vor dem Wind schützend.

Die »Alte«, das schwarze Cape immer noch tief ins Gesicht gezogen, blies ihre eigene Kerze aus.

Die Frauen um Kenna herum jubelten. Alle drängten nach vorne und Kenna wurde mitgezogen. Penny nahm das Stück Stoff hoch, das über den improvisierten Altar gelegt worden war. Darunter kam ein Teewägelchen zum Vorschein. Auf der unteren Ebene standen volle Gläser, die jetzt verteilt wurden. Dabei ging es ein bisschen chaotisch zu, bis alle endlich ein Glas hatten, und als Kenna schließlich ihres hielt, hatten jene Frauen, die die Alte und die Jungfrau gespielt hatten, ihre Umhänge längst abgelegt. Man stieß auf die Wintersonnenwende an.

Zum ersten Mal an diesem Abend herrschte eine wirklich fröhliche, fast ausgelassene Stimmung. Bislang war alles ein bisschen gezwungen gewesen. Jetzt hatten die Frauen wohl endlich die schrecklichen Ereignisse um Paula und Carolyn gedanklich loslassen können.

Nur Kenna nicht. Aber dieses Fest hatte für sie auch nicht dieselbe Bedeutung wie für die anderen. Sie zwang sich, eine freundliche Miene aufzusetzen, als sie mit den anderen wieder anstieß.

Nervosität und Befangenheit waren vielleicht dafür verantwortlich, dass sie trotz ihrer guten Absichten das Glas relativ schnell geleert hatte und sich sogar noch mal nachschenken ließ.

Nach einer Weile spürte sie die Kälte nicht mehr so und ihre Anspannung hatte sich etwas gelegt.

Bis sie den lauten Schrei hörte.

ZEHN

Sofort riss Kenna den Kopf in die Richtung herum, aus der der Schrei gekommen war.

Jemand stand beim Feuer.

Sie eilte sofort dorthin, dicht gefolgt von den anderen.

Die junge Frau, die geschrien hatte, war Andie, die entsetzt in die Feuerschale starrte. Die Flammen warfen einen rötlich-orangen, flackernden Schein auf Andies Gesicht, was ihre Schreckens-Grimasse etwas grotesk wirken ließ.

Kenna packte sie am Arm und Andie löste sich ein wenig aus ihrer Starre. Doch den Blick wandte sie nicht von dem Feuer ab. Auf Kennas Frage, was denn los sei, zeigte sie lediglich auf etwas in der lodernden Schale.

Kenna dachte erst, dass es sich bei dem Objekt um den Julklotz handelte, aber der war schon ziemlich verbrannt und lag daneben.

In dem Moment, in dem sie erkannte, was es war, das Andie so schockiert hatte, stieg ihr auch der unverwechselbare Geruch in die Nase.

Dieser Anschlag auf ihre Sinne kam fast einem Hieb in die Magenkuhle gleich.

Kenna musste sich zusammenreißen, um nicht zu Boden zu sinken. Sie war froh, dass sie sich immer noch an Andie festhielt.

In der Feuerschale lag ein Unterarm samt Hand. Die einzelnen Finger waren noch gut zu erkennen.

Einige der anderen Frauen wandten sich ab und Kenna nahm am Rande wahr, dass sich jemand übergab.

Kein Wunder, der Geruch war kaum erträglich. Es erinnerte sie an Spanferkel, nur irgendwie süßlicher, mit einer eher schwefeligen Ausdünstung. Sie wunderte sich, dass sie ihn nicht sofort wahrgenommen hatte, noch vor dem Schrei, denn jetzt schien er alles zu überlagern, selbst ihre Fähigkeit, klar und logisch zu denken.

Sie zwang sich, durch den Mund einzuatmen und sich auf ihre Ausbildung zu besinnen.

Kenna ließ die Emotionen durch sich hindurchfließen und fokussierte sich auf die Fakten. Sie kramte ihr Handy aus der Jackentasche und machte schnell einige Fotos, während sie Andie damit beauftragte, das Feuer zu löschen. »Nicht mit Wasser!«, rief sie ihr noch hinterher.

Andie holte den Eimer Sand, der zur Sicherheit in der Nähe gestanden hatte, und verteilte den Inhalt auf den Flammen.

Auch als das Feuer aus war, wollte sich der Geruch nicht verflüchtigen.

Kenna machte ein paar weitere Fotos und sah sich um. Nur Andie war noch bei ihr.

Ein kleines Grüppchen stand abseits beim Altar. Der Rest musste reingegangen sein.

»Treib doch bitte eine Feuerdecke auf«, wies sie Andie an. »Wenn du so etwas nicht findest, dann was Hitzebeständiges, worin ich den Arm einwickeln kann. Und Ofenhandschuhe«, fügte sie hinzu.

Während Andie ins Café ging, rief sie den Frauen, die noch draußen standen, zu: »Geht bitte rein und versammelt euch alle am Tisch im Restaurant. Stellt sicher, dass alle anwesend sind, okay?«

Dann wartete Kenna auf Andies Rückkehr, damit sie die Beweise sichern konnte.

Durch den Schock war sie schlagartig wieder stocknüchtern geworden und die Kälte kroch ihr so richtig in die Glieder, jetzt, wo noch nicht mal mehr das Feuer Wärme spendete.

In Abwesenheit der Flammen kam sich Kenna auch plötzlich ausgeliefert vor. Sie hatte das Gebäude mit den beleuchteten Fenstern des Cafés und dahinter den Leuchtturm mit dem Leuchtsignal im Rücken, aber um sich herum war nur Dunkelheit und Stille. Nein, keine totale Stille. Die hätte sie willkommen geheißen, denn dann würde sich ein Angreifer durch das kleinste Geräusch verraten. Aber das Rauschen der Brandung unter den Klippen war nach wie vor zu hören, ein steter, gefährlich einlullender Rhythmus.

Kenna lief es kalt den Rücken hinunter.

Sie war sich plötzlich sicher, dass sie nicht alleine war, hier draußen.

Nach dem Gespräch mit Carolyn hatte sie bisher angenommen, dass eine der Frauen aus der Gruppe Schuld an Paulas und Carolyns ungewissem Schicksal war. Das Schwierige an der Ermittlung war nicht nur das mögliche Motiv einer Übeltäterin gewesen, sondern auch festzustellen, wer wann die Möglichkeit dazu gehabt hatte, die anderen Frauen zu beseitigen. Sie hatte geglaubt, wenn alle in den von ihr eingeteilten Gruppen zusammenblieben, dann könnte sie weitere schlimme Dinge verhindern und würde niemandem die Gelegenheit geben, sich abzusondern. Die Frauen gaben sich damit dann gegenseitig ein Alibi.

Aber das hatte nicht funktioniert.

Gerade eben waren sie alle zusammen gewesen. Wer hatte sich kurz von der Gruppe getrennt, um den Arm zu holen und ihn ins Feuer zu werfen? Den Leichenteil hätte die Übeltäterin in der Nähe im Schnee versteckt halten können. Ein gefrorener Arm hätte auch länger gebraucht, um zu verbrennen, was eine genaue Bestimmung des Zeitpunktes der Tat schwierig machte.

Es war fast unmöglich, andauernd so gut auf alle aufzupassen, dass sie jede Sekunde unter Beobachtung blieben.

Was aber, wenn es gar nicht jemand aus der Gruppe war?

Kennas Intuition schrie, dass etwas dort draußen lauerte. Klar, sie konnte es auf ihre Angst schieben, aber für gewöhnlich hatte sie ein sehr verlässliches Bauchgefühl.

Hieß das, jemand hatte sich so dicht an sie herangeschlichen, während sie nur wenige Meter weiter dort am Altar gestanden hatten? War ihnen unbemerkt so nahe gekommen und hatte den Arm ins Feuer geworfen?

War dieser Jemand für Paulas und Carolyns Verschwinden verantwortlich? Und waren sie womöglich alle in Gefahr?

Furcht rann wie Eiswasser durch Kennas Adern, als sie diese Möglichkeit bedachte. Sie war derart gelähmt, dass sie die Frage nach dem Warum gar nicht durchdenken konnte. Aber etwas sagte ihr, dass es eine Rolle spielte, wieso der Mörder den Arm überhaupt ins Feuer geworfen hatte.

Und dass es einen Mörder gab, stand mittlerweile außer Frage. Die Person, der der abgetrennte Arm gehörte und die so viel Blut in der Signalstation verloren hatte, lebte mit großer Sicherheit nicht mehr.

Endlich kam Andie wieder und Kenna sicherte den Arm. Sie würde ihn neben den anderen Beweismitteln in der Gefriertruhe deponieren. »Ich glaube nicht, dass es was bringt, wenn ich versuche, den Arm vom Sand zu befreien«, erklärte sie Andie. »Ich bin darauf bedacht, so wenig Spuren wie möglich zu zerstören, und was könnte mir eine nähere Untersuchung des Arms schon sagen? Ich werde wohl nicht mal erkennen, zu wem er gehörte.«

»Ich weiß, wessen Arm es ist«, sagte Andie bestimmt. Verwundert schaute Kenna sie an. »Ach ja?«

Andie nickte. »Carolyns.«

ELF

ANDIE WAR DABEI, DIE TÜR AUFZUMACHEN, DOCH Kenna packte sie an der Schulter.

»Warum bist du dir so sicher, dass es Carolyns Arm ist?«

Forschend schaute sie Andie ins Gesicht. Die Julzeremonie hatte dafür sorgen sollen, dass wenigstens ein bisschen der Magie der Hexen zurückkam. Hatte Andie etwas gesehen? Eine Vision? Hatte sie ihre Magie zurück?

Andie schien zu ahnen, was hinter Kennas Stirn vor sich ging.

Die zierliche Brünette schüttelte den Kopf. »Das Armband. Carolyn hatte ein goldenes Armband mit einem runden Anhänger. Hast du das nicht gesehen?«

Kennas Blick ging zu dem eingewickelten Leichenteil, den sie vorsichtig trug. Wie konnte es sein, dass sie das nicht gesehen hatte? Eigentlich sollte sie den Blick dafür haben, solche für den Fall wichtigen Sachen zu erkennen.

»Vielleicht war es schon nicht mehr erkennbar, als du ans Feuer kamst«, sagte Andie. »Das Feuer hat ja die Haut … verschmort und vielleicht ist dann die dünne Kette … darunter verschwunden.« Andies Stimme versagte fast.

Auch Kenna musste schlucken.

Sie nickte heftig. »Ist jetzt auch egal. Im Labor werden sie feststellen können, ob es sich mit Sicherheit um Carolyns Arm handelt. Da würden sie auch das Armband finden, nur ist das nicht für die Identifizierung zulässig. Dafür bestimmen sie die DNA. Aber was du gesehen hast und … was wir nach dem Fund in der Signalstation schon geahnt haben, passt ja auch zusammen. Ich denke, wir können davon ausgehen, dass es sich hier um Carolyns Arm handelt.«

Auf einmal wollte sie den Leichenteil so schnell wie möglich loswerden. »Gehen wir rein.«

Ohne ein Wort zu den anderen zu sagen, ging Kenna in den Vorratsraum und verstaute das Beweisstück in der Gefriertruhe.

Dann kehrte sie zu dem Tisch im Café zurück, an dem die Frauen schweigend saßen.

Sie zog Mütze und Handschuhe aus, bevor sie sich hinsetzte, aber die Jacke ließ sie an. Es würde noch eine Weile dauern, bis ihr wieder warm war.

»Hat jemand noch mal versucht, zu telefonieren?«

Jem räusperte sich. »Das Festnetz funktioniert immer noch nicht.«

Kenna holte tief Luft und trank einen Schluck Wasser aus dem Glas, das ihr jemand hingeschoben hatte. Dann kramte sie ihr Notizbuch und den Kugel-schreiber aus der Tasche ihres übergroßen Cardigans.

»Ich werde euch jetzt Fragen stellen und einige Hypothesen wagen«, begann sie. »Dabei werde ich sicher ein paar Dinge sagen, die euch schockieren könnten. Ihr werdet euch vielleicht angegriffen fühlen. Aber versteht bitte: Ich muss jede Möglichkeit in Betracht ziehen, ungeachtet meiner persönlichen Gefühle. Selbst wenn ich in meinem Herzen sicher bin, dass keine von euch zu solchen Gräueltaten fähig ist, dann muss ich trotzdem die Hypothese aufstellen, dass eine die Täterin sein könnte, und diese Vermu-tung von allen Seiten durchleuchten. Könnt ihr das nachvollziehen?«

Alle nickten, nur Eve meinte etwas störrisch: »Wieso redest du immer so, als ob es eine von uns war? Wie kannst du das denken? Wir sind alle ehemalige Schwestern im Bunde, eine Gemeinschaft. Die Wahr-scheinlichkeit, dass da draußen ein Verrückter herum-läuft oder einer von der Magier-Allianz, ist doch viel größer. Ich meine …«

»Gott, sei doch nicht so naiv«, unterbrach Aileen die Waliserin heftig. »Was ist denn an Beltane passiert? Da wurden wir von den unseren verraten, oder nicht? Wieso sollte das nicht jederzeit wieder passieren können? Besonders jetzt, wo wir alle fast körperliche Schmerzen erleiden, weil uns unsere Gabe fehlt. Es ist fast so, als wäre mir tatsächlich ein Arm abgeschlagen worden.« Beth, die neben Kenna saß, zuckte zusammen.

»Ja, sorry, das ist jetzt makaber!«, rief Aileen. »Aber es ist doch so. Es tut verdammt weh. Ich würde viel dafür geben, dass ich meine Gabe zurückbekomme. Ich würde natürlich niemanden hier dafür umbringen, aber wenn jemandem versprochen wurde, seine Macht irgendwie dadurch zurückzuerhalten, dann kann ich das nachvollziehen. Zumindest finde ich es deshalb nicht so abwegig, dass es eine von uns sein könnte.«

Kenna hatte Aileen während des ganzen Aufenthalts hier nicht einmal annähernd so aufgewühlt gesehen.

Sie steckte damit die anderen an, weshalb ein kleiner Tumult am Tisch ausbrach.

Kenna hob die Hand. »Ruhe!«, rief sie.

Sie fand es interessant, dass Aileen ein mögliches Motiv genannt hatte. Anscheinend glaubte sie, dass Carolyns Tod irgendwie dafür sorgen könnte, dass jemand wieder an seine magische Macht kam. Hatte das etwas mit dem mächtigen Wintersonnenwende-Ritual zu tun und war deshalb der Arm als zweiter Julklotz ins Feuer geworfen worden?

»Das Problem ist, dass man über Motive jetzt endlos spekulieren könnte. Ich möchte mich stattdessen lieber an die Fakten halten. Wer hatte überhaupt die Möglichkeit dazu? Und wir dürfen nicht außer Acht lassen, dass es jemand von außerhalb getan haben könnte. Am einfachsten ist es, erst mal die Anwesenden hier als Verdächtige auszuschließen.«

Selbst Eve nickte nun zustimmend.

Kenna schaute ihre Notizen durch. »Also, der Zeitraum, in dem Carolyn verschwunden ist, war ziemlich lang. Es ist schwierig festzustellen, wer wann genau wo war, weil wir da nicht aufeinander geachtet haben.

Andie und ich waren draußen. Wir sind zu den Klippen, um einen Handyempfang zu suchen. Wir haben weder Carolyn noch sonst jemanden gesehen, aber wir haben nicht drauf geschaut, was hinter unserem Rücken passierte, als wir in Richtung Süden gingen. Und auf dem Rückweg lagen für einen großen Teil der Strecke die Lloyds-Gebäude nicht einsehbar hinter diesem Gebäude. Wir konnten nichts beobachten, geben uns aber gegenseitig ein Alibi.«

Kenna hielt einen Augenblick inne. »Natürlich müssen wir auch die Möglichkeit in Betracht ziehen, dass mehr als eine Person verantwortlich ist. Das würde alles erschweren. Und wenn ich eine dieser Personen wäre, dann würde das hier nichts als eine Scharade sein.« Sie seufzte. »Aber so kommen wir vom Hundertsten ins Tausendste. Machen wir weiter. Ihr habt gesagt, ihr wart alle im Café, aber einige von euch waren auch mal in der Küche und einige haben das Gebäude verlassen, stimmt's?«

Kenna nahm von jedem die Aussage auf, aber das war nicht sonderlich ergiebig. Jeder war mal auf der Toilette oder im Cottage oder sonst wo unbeobachtet gewesen. Da niemand drauf geachtet hatte, was die anderen taten, konnte sie tatsächlich außer Andie niemanden mit Sicherheit ausklammern.

Aileen und Beth waren zwar nicht immer im Blick von anderen gewesen, aber zumindest hatten sie nach eigener Aussage das Café-Gebäude nicht verlassen.

Mit Carolyn zu den Lloyds-Gebäuden zu gehen und sie dort zu überfallen, sie zur Signalstation zu schleppen ... den Arm abzutrennen ... das musste schließlich eine Weile gedauert haben. Das machte es wahrscheinlich, dass die Übeltäterin sich Schuhe und Jacke angezogen und das Hauptgebäude verlassen hatte. Und das hatten Aileen und Beth wohl nicht getan. Zumindest hatte es keiner gesehen. Kenna setzte die beiden weiter unten auf die Liste der Verdächtigen, neben Andie.

Penny und Jem hatten beide ausgesagt, dass sie das Café- und Küchengebäude verlassen und den Weg zu den Cottages freigeschaufelt hatten. Sie gaben sich gegenseitig ein Alibi, waren aber laut Aussage der anderen lange weg gewesen. Das Gleiche galt für Jessica und Eve.

»Dann habt ihr vier euch bei den Cottages gesehen?«, hakte Kenna nach. Alle vier schauten sich an und schüttelten den Kopf. Kenna runzelte die Stirn. »Aber ihr teilt euch doch ein Zimmer beziehungsweise ein Cottage?«

»Ja … also wir waren nicht lange im Zimmer«, sagte Penny jetzt. »Wir waren ja draußen.«

»Und habt dabei nichts beobachtet?«, fragte Kenna scharf. Hätten Penny und Jem nicht etwas bemerken müssen? Die Lloyds-Gebäude hätten sie zumindest theoretisch im Blick haben müssen. So wie es aussah, war Carolyn mitten auf offenem Gelände erschlagen worden. Und da wollten Penny und Jem nichts mitbekommen haben?

Kenna musterte die beiden Tarbet-Hexen. Ein Kribbeln im Bauch sagte ihr, dass sie ihr etwas verheimlichten. Enttäuschung machte sich in Kenna breit, als sie beider Namen auf ihrer Liste einkreiste. Egal, was sie vorhin über das Betrachten der Fakten ohne jegliche persönliche Gefühle gesagt hatte, egal, wie sehr sie als emotionslose Ermittlerin an die Sache rangehen wollte: Wenn man private Beziehungen zu den Verdächtigen hatte, war das unmöglich.

Kenna hatte gedacht, dass sie ihren Freundinnen vertrauen konnte.

Und jetzt standen sie oben auf der Liste der Verdächtigen.

ZWÖLF

»Machen wir erst mal mit heute Abend weiter«, sagte Kenna müde. Ihre geschriebenen Notizen verschwammen etwas vor ihren Augen.

»Entschuldigt mich bitte kurz.« Sie stand auf. »Ich muss Kaffee kochen. Ich habe letzte Nacht kaum geschlafen und nach den ganzen Ereignissen heute ...«

»Darf ich was sagen, Kenna?«, fragte Penny und fuhr fort, ohne auf ihre Antwort zu warten. »Ich verstehe, dass du unbedingt herausfinden willst, was hier vorgefallen ist. Das wollen wir wohl alle. Aber wir sind völlig fertig. Wir brauchen alle Ruhe, und du siehst aus, als ob du gleich aus den Latschen kippst. Mit noch einer Tasse Kaffee bewirkst du nur das Gegenteil. Du wirst heute Nacht wieder nicht schlafen können und das wird ein Teufelskreis. Wir brauchen dich. Ich finde, wir sollten alle rüber zu den Cottages gehen und uns hinlegen. Heute, in der dunklen Nacht, können wir sowieso nichts machen. Morgen, bei Tageslicht, mit frischer Energie, sieht die Sache schon ganz anders aus. Und mit ein bisschen Glück funktioniert das Telefon dann wieder. Es hat länger nicht geschneit und es sieht auch nicht nach Schnee aus. Vielleicht ist morgen der ganze Spuk vorbei und wir bekommen Hilfe.«

Kenna setzte sich wieder. Penny hatte recht – der Kaffee würde ihr langfristig nicht guttun. Aber sie konnte sich nicht vorstellen, zu schlafen. Irgendwer hier oder da draußen hatte mindestens eine Frau aus ihrer Gruppe umgebracht, und sie wussten nicht, ob sie nicht alle in Lebensgefahr waren.

Eve sprach aus, was sie und bestimmt auch andere dachten: »Ich kann bestimmt kein Auge zutun!«

Andererseits: Heute Nacht noch nach weiteren von Carolyns Leichenteilen zu suchen war sinnlos und gefährlich. Sie mussten notgedrungen auf Tageslicht warten. Und wenn sich morgen keiner auf den Beinen halten konnte, war ihnen auch nicht geholfen.

Sie sah in einigen der Gesichter mindestens genauso viel Angst, wie sie selbst sie hatte. Sie wollte nicht, dass diese Furcht in Panik umschlug. Sie mussten alle ruhig bleiben und jemand musste die Führung übernehmen.

Penny war mit gutem Beispiel vorangegangen. Das Problem war bloß, dass sie auf der Liste der Verdächtigen stand. Kenna musste das Ruder wieder an sich reißen, auch wenn es ihr vor lauter Erschöpfung noch so schwer fiel.

»Okay«, sagte sie. »Wir besprechen noch, was

heute Abend vorgefallen ist, und dann gehen wir alle gemeinsam zu den Cottages und versuchen, dort die Nacht hinter uns zu bringen. Das Wichtigste ist, dass wir zusammenbleiben, okay? Niemand geht irgendwo alleine hin. Auch zu zweit ist keine gute Idee. Bleibt immer in euren Vierer-Gruppen. Dann kann uns nichts passieren.«

Sie sah die anderen streng an. Dann fuhr sie fort.

»Heute Abend hatte die Person, die den Arm ins Feuer gelegt hat, nicht sehr viel Zeit dafür. Von dem Moment an, als Penny die Kerze auf dem Altar angezündet hat, haben wir alle unsere Aufmerksamkeit darauf gerichtet. Wir standen zu dem Zeitpunkt alle mit dem Rücken zum Feuer, richtig?«

Die anderen bestätigten, dass sie nicht mehr aufs Feuer geschaut hatten, nachdem die Zeremonie angefangen hatte.

»Jessica, du warst die Jungfrau, wer war denn die Alte?«

»Das war ich«, meinte Eve.

»Wo habt ihr die Umhänge gehabt?«

»Drinnen. Wir sind ins Café und haben sie uns schnell übergezogen, als Penny zum Altar ging«, erklärte Jessica.

»Okay – und dann habt ihr sie auch recht schnell wieder ausgezogen, als das Ritual vorbei war? Ich habe euch nicht mehr damit gesehen.«

»Ja, ich hab meinen schnell reingebracht«, sagte Eve.

»Ich auch«, war Jessicas Antwort.

»Zusammen?«

Die beiden sahen sich an. »Nein«, gab Jessica zu.

Eve meinte: »Dein Umhang lag schon da. Du hast ihn vor mir reingebracht.«

Jessica zuckte mit den Schultern.

»Und habt ihr dabei mal einen Blick auf das Feuer geworfen?«, wollte Kenna wissen.

Die beiden konnten sich nicht richtig erinnern. Wenn, dann war ihnen nichts Ungewöhnliches aufgefallen.

»Ihr wart ja auch ziemlich schnell wieder da – denn Penny hat die Gläser verteilt und wir haben alle angestoßen.« Penny war auf jeden Fall die ganze Zeit über am Altar gewesen, dachte Kenna. Die ganze Zeit, bis Andie geschrien hatte. Bei den anderen war sie sich nicht so sicher. Es war möglich, dass sich Beth, Aileen und Jem kurz mal wegbewegt hatten. »Hat sich sonst noch jemand von der Gruppe vor dem Altar entfernt?«, fragte sie in die Runde.

Die anderen schüttelten den Kopf.

»Warte«, sagte Eve. »Du bist doch an mir vorbei, Jem, als ich ins Restaurant gegangen bin.«

»Ach ja, ich war schnell auf dem Klo«, meinte die ehemalige Wetterhexe.

Kenna schaute sie nachdenklich an und machte dann ein Fragezeichen hinter Jems Namen. Genauso wie hinter Eves und Jessicas.

»Und du bist dann zum Feuer, Andie?«, fragte sie ihre Nachbarin zur Linken.

»Ja, ich wollte gucken, ob man noch Holz auflegen muss.«

»Ist dir da etwas aufgefallen? Jemand, der nicht direkt bei der Gruppe stand? Oder irgendwas anderes?«

Andie schüttelte den Kopf. »Nein. Ihr standet alle zusammen im Pulk beim Altar. Sonst habe ich nichts bemerkt.«

Kenna erklärte die Befragung für beendet und alle zogen sich an.

Sie merkte, dass keiner besonders viel Lust darauf hatte, nach draußen zu den Cottages zu gehen. Auch ihr Herz klopfte schneller.

Fast hätte sie vorgeschlagen, im gemütlichen Café zu bleiben. Aber hier gab es keine Betten und sie brauchten wirklich Schlaf. Und auch die Cottages konnten sie abschließen, die waren genauso sicher oder unsicher wie dieses Gebäude.

Keiner sagte etwas, als sie geschlossen auf dem Pfad zu den Cottages gingen.

Kenna war wirklich mulmig zumute und sie schaute sich immer wieder um.

Mit gemischten Gefühlen verabschiedete sie sich von den anderen vier Frauen, die im zweiten Cottage schliefen. »Wir sehen uns morgen früh im Tageslicht«, sagte sie und versuchte zu lächeln.

Kennas Gruppe ging zu viert in das Bad und klopfte anschließend bei den anderen, um zu sagen, dass der Toilettenraum frei war. Dann schlossen sie die Tür zum Cottage hinter sich ab, zogen sich um und legten sich in ihre Betten.

Sie hatten beschlossen, das Licht anzulassen, aber Kenna konnte trotzdem nicht sagen, zu welcher der glücklichen Frauen der gleichmäßige Atem gehörte. Eine war tatsächlich eingeschlafen. Kenna glaubte nicht, dass ihr das auch gelingen würde. Aber die Müdigkeit siegte.

Irgendwann fielen ihr die Augen zu.

Es fühlte sich an, als ob sie keine zwei Sekunden geschlafen hatte, als sie von einem markerschütternden Schrei aufgeschreckt wurde.

Nicht schon wieder, dachte sie.

DREIZEHN

KENNA SPRANG AUS DEM BETT.

Ein kurzer Blick durch den Raum zeigte ihr, dass alle Betten belegt waren.

Auch Beth, Andie und Aileen rappelten sich hoch, während Kenna schnell in ihre Stiefel schlüpfte und sich die dicke Jacke überzog.

Sie schaute aus dem Fenster, bevor sie das Risiko einging, die Tür aufzumachen. Sie wollte nicht in eine Falle tappen.

Aber sie sah mehrere Frauen draußen im Schnee stehen.

»Was ist los?«, murmelte Andie.

Ohne zu antworten eilte Kenna zur Tür und schloss sie auf.

Als sie hinaustrat, waren die anderen dicht hinter ihr.

Vor dem Eingang der zweiten Unterkunft standen

Penny, Jem und Jessica um Eve herum, die heftig gestikulierte und offensichtlich sehr erregt war.

»Was geht hier vor?«, fragte Kenna laut und sah sich um. Ihr Nacken kribbelte, aber in ihrer Umgebung schien alles ruhig zu sein.

»Eve hat etwas gesehen«, erklärte Jem.

»Kommt zu uns ins Cottage und dann können wir darüber sprechen, was passiert ist«, forderte Kenna alle auf. Die Frauen folgten ihr ohne Widerspruch.

Nachdem sie die Tür hinter sich abgesperrt hatte, drehte sich Kenna zu den anderen um.

Das kleine Cottage wirkte mit acht herumstehenden Frauen überfüllt. Die angespannte Atmosphäre trug nicht gerade dazu bei, dass sich alle beruhigten.

»Zieht doch eure Schuhe und Mäntel aus und dann setzt euch auf die unteren Betten«, versuchte Kenna das zu ändern. »Dann kannst du in Ruhe erzählen, was geschehen ist, Eve.«

Die Waliserin fing schon an, die Worte mit ihrem Singsang-Akzent hervorzusprudeln, bevor sie die Arme aus der Jacke hatte.

Wenigstens hatten die anderen endlich Platz genommen.

Kenna verstand nicht sehr viel von Eves nervösem Gebrabbel.

»Moment, Moment«, unterbrach sie den Wortschwall. »Du hast draußen ein Licht gesehen? Durch die Fensterscheibe, oder was?«

»Nein, ich bin rausgegangen.«

Kenna runzelte die Stirn. »Wieso?«

»Ich musste mal!«, sagte Eve etwas genervt.

»Okay, also habt ihr alle das Cottage verlassen und da hast du …«

»Nur ich«, fiel ihr Eve ins Wort. »Ich bin raus, um aufs Klo zu gehen und da …«

»Allein?«, rief Kenna ungläubig.

»Ja, soll ich alle aufwecken, nur weil ich nachts auf Toilette muss? Ich habe eine schwache Blase.«

Kenna rieb sich das Gesicht. Statt Eve dafür zu rügen, sich in eine mögliche Gefahr gebracht zu haben, wollte sie der Sache lieber auf den Grund gehen. »Und dann?«

»Dann habe ich ein Licht gesehen. Im Leuchtturm. Da wusste ich, da draußen ist jemand!«

»Sie hat laut geschrien und wir sind schnell raus«, erklärte Penny weiter.

Kenna fragte sich insgeheim, ob die anderen in Jacken und Schuhen geschlafen hatten, so schnell wie die bei Eve gewesen waren, sprach das aber nicht an.

»Bist du sicher? Da war wirklich ein Licht *im* Leuchtturm? Habt ihr anderen das auch gesehen?«

Penny schüttelte den Kopf und auch Jem und Jessica verneinten. »Bestimmt hat wer auch immer im Leuchtturm war, den Schrei gehört und dann das Licht ausgemacht«, spekulierte die blonde Hexe aus Pendle.

»Wenn überhaupt jemand im Leuchtturm war«, meinte Penny.

»Was willst du damit sagen?«, ereiferte sich Eve. »Behauptest du, dass ich lüge?«

»Reg dich ab«, beschwichtigte die Kräuterhexe sie. »Es kann ja gut sein, dass du *geglaubt* hast, einen Lichtschein gesehen zu haben.«

»Ja«, meinte auch Jem. »Vielleicht hat das Lichtsignal dich irritiert. Es kann ja auch sein, dass es eine Spiegelung war, ein Widerschein oder so. Du hattest doch die Taschenlampe an.«

Das kam Kenna wie eine vernünftige Annahme vor, aber Eve regte sich natürlich darüber auf. »Ich weiß doch, was ich gesehen habe. Es war ein Licht unten im Gebäude.«

Kenna presste die Lippen zusammen. Sie würde lügen, wenn sie behauptete, keine Angst vor dem zu haben, was sie gleich vorhatte. Aber sie musste ihre Angst runterschlucken, denn es war nötig.

»Seid bitte still«, beendete sie den Streit, der sich gerade entfaltete.

»Andie, kommst du mit nach draußen?« Als die brünette Hexe nickte und sich, wie Kenna auch, wieder ankleidete, erklärte die Polizistin: »Andie und ich gehen jetzt raus. Dann machen wir hier das Licht aus. Wenn drüben im Leuchtturm ein Licht ist, dann werden wir es sehen. Bitte seid ganz leise, damit wir auch lauschen können.«

Keine Minute später standen Kenna und Andie draußen.

Kennas Herz klopfte bis zum Hals. Diese bedrückende Stille, die unergründliche Dunkelheit, die Ahnung, dass da irgendwo etwas lauerte …

Sie klammerte sich regelrecht an Andie fest. Der schien es nicht besser zu gehen, denn sie zitterte so heftig, dass es nicht allein an der Kälte liegen konnte.

Die beiden blieben einen Augenblick stehen und betrachteten den Leuchtturm, der direkt vor ihnen aufragte – oder zumindest die Umrisse, die sie in der mondlosen Nacht erahnen konnten. Das Lichtsignal, das alle dreißig Sekunden von ihnen weg in Richtung Ozean aufblinkte, sorgte lediglich dafür, dass die Silhouette des Gebäudes auf gespenstische Weise flackerte.

Definitiv war kein Licht im Gebäude zu sehen.

Kenna zog Andie zum Cottage zurück.

Sie atmete erst wieder durch, als sie die Tür erneut hinter sich verriegelt hatte.

»Nichts«, sagte sie.

Eve, die immer noch stand, verschränkte die Arme vor der Brust. »Ich habe aber eins gesehen. Dann wurde es ausgemacht.«

»Okay«, sagte Kenna nur. Sie dachte einen Augenblick nach. »Wir bleiben die Nacht über alle hier, zusammen. Wir teilen uns die Betten. Ich will kein Risiko eingehen. Wir wollen einfach diese Nacht überstehen und darauf hoffen, dass uns morgen jemand zu Hilfe kommt.«

Niemand protestierte.

Nach und nach legten sich alle hin und kamen zur Ruhe.

Nur Kenna war hellwach und lag mit klopfendem Herzen am Rand des Bettes, das sie sich jetzt mit Andie teilte.

Hatte Eve recht und irgendjemand war dort draußen?

Das würde ihr Bauchgefühl bestätigen.

Aber was war mit der Verräterin, von der Cerys angeblich gesprochen hatte?

Da sie sowieso nicht schlafen konnte, ging Kenna alle Möglichkeiten gedanklich durch.

Es konnte sein, dass Eve gelogen hatte. Sie konnte nicht sonderlich viel Angst haben, wenn sie sich nachts allein nach draußen traute. Weil sie die Mörderin war – die Verräterin, von der Carolyn ihr erzählt hatte? Dann wollte sie mit dem Schrei wohl von sich ablenken und alle glauben lassen, jemand »da draußen« sei für die schrecklichen Taten verantwortlich.

In dem Fall schlief jetzt gerade Jessica mit dem wahren Feind in einem Bett.

Möglichkeit Nummer zwei war: Eve hatte die Wahrheit gesprochen – dann war sie selbst unschuldig und konnte von der Liste der Verdächtigen gestrichen werden. Dann war entweder »nur« ein Außenseiter schuld an den Gräueltaten– und es gab keine Verräterin oder die stand nicht im Zusammenhang damit.

Oder – Möglichkeit Nummer drei – die Verräterin war unter ihnen und wirkte nicht allein. Wer konnte ihnen hierher gefolgt sein und war so taff, dass er oder sie in einem unbeheizten Leuchtturm schlafen und sich auch sonst in der unwirtlichen Umgebung aufhalten konnte? Es lag nahe, dass es sich um eine Gestaltwandlerin handelte – oder einen mächtigen Magier. Das würde zu der Theorie passen, dass es bei der ganzen Sache hier darum ging, den Widerstand gegen die Magier-Allianz zu stoppen. Die Verräterin arbeitete mit Magiern oder Gestaltwandlern des Mull-Zirkels zusammen.

Doch irgendwo an dieser Theorie gab es einen Haken. Wenn ein mächtiger Magier anwesend wäre, was würde ihn davon abhalten, ihnen allen mit einem Schlag den Garaus zu machen? Ebenso verhielt es sich mit den Mull-Gestaltwandlerinnen. Die hatten genug

Kraft und Macht, dass die anwesenden magiefreien Frauen auch in der Gruppe keine Chance hätten, nicht mal gegen eine einzelne Mull-Hexe – und keine verschlossene Cottage-Tür könnte einen Boobrie aufhalten.

Was konnte dann das Endziel sein?

Kenna nahm sich vor, mit Jessica darüber zu sprechen, welche Rolle Carolyn im Widerstand gespielt hatte. Wenn die überhaupt etwas davon wusste.

Frustriert setzte sie sich auf. Diese ganzen Überlegungen brachten sie nicht weiter.

Sie hasste es, sich so hilflos und nutzlos zu fühlen.

Wer wusste schon, wann sie endlich Unterstützung bekommen würde?

Vorsichtig und leise schwang Kenna die Beine über die Bettkante und schlüpfte in ihre Stiefel. Andie neben ihr wachte trotzdem auf. »Was machst du?«, flüsterte sie.

Kenna zögerte. Sie warf einen Blick auf die anderen Betten. Niemand regte sich. Alle schienen tatsächlich zu schlafen.

Leise antwortete sie: »Komm mit zum Leuchtturm.«

VIERZEHN

14

Kenna schloss sachte die Tür des Cottages hinter ihnen.

Dann machte sie die Taschenlampe an. Sie hatten nur eine, aber es war eine große Stablampe mit kräftigem Lichtstrahl.

Andie hielt sie zurück, als Kenna losgehen wollte. »Bist du wirklich sicher, dass es eine gute Idee ist?«, fragte sie leise.

»Nein«, gab Kenna zu. »Wahrscheinlich wäre es schlauer, zu warten, bis wir Tageslicht haben.«

Bis dahin würde es noch dauern, aber der Himmel war schon ein paar Nuancen heller als vorhin. Die weiße Fassade des Leuchtturms war jetzt gut zu erkennen.

Kenna hatte gelesen, dass der Leuchtturm 1828 von dem berühmten Leuchtturmbauer Robert Stevenson errichtet worden war. Sie hatte sich das gemerkt, weil der Ingenieur der Großvater des bekannten Schriftstellers Robert Louis Stevenson war. Der Turm ragte etwa zwanzig Meter in die Höhe, endete in einer auskragenden Plattform mit gusseisernem Geländer unterhalb der Kuppel mit der Laterne und war aus Granitsteinen gebaut worden. Seit 1998 wird das Leuchtfeuer vom Northern Lighthouse Board in Edinburgh aus automatisch betrieben.

Sich die Fakten über den Leuchtturm ins Bewusstsein zu rufen, half leider nicht viel gegen die Knoten in Kennas Magen. Sie hatte trotzdem Angst davor, was sich im Turm verbarg.

Andie schaute sich sichtlich nervös um. »Ja, und vor allen Dingen hast du uns zu recht eingeschärft, dass wir alle unbedingt zusammenbleiben sollen. Ich weiß, dass alle zumindest gedanklich den Kopf geschüttelt haben, als Eve allein nach draußen ist. Genauso verständnislos könnten die anderen auf diese Aktion reagieren. Davon abgesehen machen sie sich bestimmt große Sorgen, wenn sie sehen, dass wir nicht im Bett sind.«

Kenna seufzte. »Ich weiß. Nur … ich muss einfach wissen, was los ist. Ich kann nicht länger untätig rumsitzen und warten. Aber ich verstehe, wenn du wieder reingehen möchtest …«

»Spinnst du, ich lass dich doch nicht allein hier draußen rumlaufen! Kommt gar nicht infrage.«

»Okay, wir wollen ja nur mal schnell den Leuchtturm überprüfen. Er sollte sowieso abgeschlossen sein – den Schlüssel haben wir nicht gefunden. Wahrscheinlich sind wir in zwei Minuten zurück und niemand bemerkt unsere Abwesenheit.«

»Na, dann mal los«, sagte Andie wenig begeistert.

Die Unterkünfte befanden sich nur wenige Meter hinter dem Leuchtturm, doch lediglich ein Teil des halbkreisförmigen Anbaus unten am Fuße des Turms war von ihrem Standort aus zu erkennen. Wenn Eve ein Licht im Gebäude gesehen hatte, musste das durch das einzige Fenster geleuchtet haben, das sie aus ihrem Blickwinkel überhaupt erkennen konnten. Das war jetzt definitiv dunkel, stellte Kenna fest, als sie den Turm umrundeten, um zum Eingang auf der anderen Seite zu kommen.

Wenigstens sanken sie nicht mehr in weichem Neuschnee ein. Insofern war diese Nachtaktion ein Spaziergang im Vergleich zu den Expeditionen am Vortag.

Kenna und Andie hatten tatsächlich schnell den Eingang erreicht. In ihrer Eile bemerkte Kenna nicht, dass es eine oder mehrere Stufen zur Tür geben musste, da diese verschneit und vereist waren. Sie stolperte und wurde von Andie noch rechtzeitig festgehalten, bevor sie stürzte.

Als sie sich wieder gefangen hatte, hielt Kenna inne, statt wie geplant direkt auf die Tür zuzustürmen. Andie drängte sie nicht.

Von dieser Seite aus gesehen war das Leuchtfeuer viel auffälliger. Alle dreißig Sekunden zuckte viermal ein Lichtblitz und reichte über ihre Köpfe hinweg gute vierzig Meter in Richtung Meer, aber trotzdem hatte das Flackern einen Effekt auf Kenna. Es setzte sie in Alarmbereitschaft. Die Haare in ihrem Nacken stellten sich auf. Adrenalin pumpte durch ihren Körper. Sie lauschte gebannt, hörte aber nichts als lautes

Rauschen – das Rauschen des Blutes in ihren Ohren und das Rauschen des Ozeans unter den Klippen.

Vorsichtig ging sie auf die Eingangstür zu. Das weiß getünchte Granitgemäuer des Turms und die dunklen Fenster strahlten keine Gefahr aus. Kenna hatte keine Angst, die Tür zu berühren.

Doch als sie keinen Widerstand spürte und die Tür nach innen aufging, ließ sie los. Die Tür fiel wieder zu. Kenna sog scharf die Luft ein und schaute Andie überrascht an.

Die zierliche Tarbet-Hexe wirkte mehr verunsichert als verängstigt.

Wieder drückte Kenna gegen die Tür, sodass sie einen Spaltbreit aufging. Drinnen war es dunkel und – soweit sie das trotz des Rauschen beurteilen konnte – still. Sie schickte ihre Intuition voraus, bevor sie selber eintrat.

Kennas geschärfter siebter Sinn sagte ihr, dass der Turm etwas verbarg, das sie finden sollte. Aber eine Bedrohung spürte sie nicht.

Leicht verwirrt trat Kenna ein und leuchtete mit der Taschenlampe umher.

Sie hörte, wie hinter ihr die Tür zuging. Andie trat einen Schritt vor.

Der kleine Vorbau des Turms war recht karg eingerichtet und diente wohl lediglich der Aufbewahrung von Gerätschaften für den Leuchtturmbetrieb.

Kenna musste nicht lange herumleuchten, bis ihr die Sachen auffielen, die ganz offensichtlich nicht hierhergehörten. In einer Ecke lagen Schlafsack, Isomatte und Rucksack.

Sie drückte auf den Lichtschalter neben der Tür

und der Raum wurde in gleißendes Neonlicht getaucht. Kenna blinzelte und ging schnell auf das Schlaflager zu. Dabei schaute sie nach rechts und links. Es gab Schränke, in denen sich ein Mensch vielleicht verstecken könnte.

Bevor sie den Rucksack durchsuchte, gab sie Andie zu verstehen, dass sie die Schranktüren öffnen sollte.

Der Wander-Backpack enthielt einen Campingkocher, Geschirr und etwas zu essen sowie Wanderschuhe und Kleidung. Kenna runzelte die Stirn, als sie die näher untersuchte. Die Outdoorklamotten sahen recht klein aus und die Schuhe hatten Größe 36. Sie konnte sich nicht vorstellen, dass das Persönchen, das in diese Sachen passte, eine große und kräftige Frau wie Carolyn einfach so hätte überwältigen können. Und auseinandernehmen, dachte sie und schüttelte sich.

Trotzdem hatte Eve recht gehabt. Jemand hatte sich hier versteckt.

Wo war dieser Jemand jetzt?

Fragend schaute sie sich zu Andie um. Die zuckte mit den Schultern. Alle Schranktüren standen offen. Zur Sicherheit leuchtete Kenna noch einmal mit der Taschenlampe in die dunklen Ecken.

»Wer auch immer hier war, muss abgehauen sein, als er Eves Schrei gehört hat«, vermutete Andie.

»Ja, aber ohne Schuhe und Jacke?«

Andie verzog nachdenklich den Mund. »Vielleicht sind das nur Reservekleider?«

»Hmmm.« Kenna ging zu der anderen Tür im Raum, die sich zur Turmtreppe hin öffnete.

»Glaubst du wirklich, die Person versteckt sich noch hier?«, fragte Andie.

Ohne zu antworten ging Kenna die Stufen der Wendeltreppe hoch. Über achtzig Stufen später war ihr leicht schwindlig. Es war eiskalt im Turm. Einen Zugang zur Brüstung und zur Laterne in der Kuppel hatte man nicht. Hier oben war alles abgeschlossen.

Etwas weiter unter ihr machte sich Andie an einem der Fenster zu schaffen. Kenna kniff die Augen zusammen, als es so aussah, als ob Andie etwas nach draußen schubste. »Das Fenster ist offen«, sagte die Tarbet-Hexe, als sie Kennas Blick bemerkte. »Ich mache es zu.«

Kenna nickte nur und warf beim Hinuntergehen noch einen Blick auf das jetzt geschlossene Fenster. Natürlich war es viel zu klein, als dass ein Mensch da durchgepasst hätte. Außerdem würde dieser Mensch dann fünfzehn Meter in die Tiefe plumpsen. Es ergab viel mehr Sinn, dass die Person, die hier im Leuchtturm genächtigt hatte, durch die Eingangstür wieder verschwunden war. Warum dieses Fenster offen stand, war ein weiteres Rätsel.

Wieder unten angekommen, fotografierte Kenna die Sachen. Sie überlegte, ob sie sie mit ins Cottage schleppen sollte, entschied sich dann aber dagegen.

»Gehen wir zurück«, sagte sie zu Andie.

Als die den gleichen Weg um den Leuchtturm herum einschlagen wollte, auf dem sie gekommen waren, hielt Kenna sie auf. »Komm, wir gehen auf der anderen Seite entlang.«

»Okay.«

Kenna leuchtete mit der Taschenlampe umher,

obwohl man jetzt, wo es anfing zu dämmern, einigermaßen gut sehen konnte.

Auf Höhe des Turms hielt sie den Lichtstrahl absichtlich etwas länger auf jene Stelle, die unterhalb des Fensters lag, das offen gewesen war.

Auf der vereisten Schneedecke lag etwas.

Sie richtete den Strahl schnell wieder nach vorne, in Richtung der Cottages. »Schau mal, da brennt Licht. Die anderen müssen bemerkt haben, dass wir weg sind.«

Andie ging schneller, aber Kenna ließ sich zurückfallen. Schnell drehte sie sich um und leuchtete mit der Taschenlampe noch mal auf die Stelle.

Sie hatte richtig gesehen.

Da lag eine Feder.

Eine goldene Feder.

FÜNFZEHN

»MENSCHENSKIND, DA SEID IHR JA!«, RIEF JEM, ALS Kenna und Andie wieder ins Cottage kamen.

Die ehemalige Wetterhexe umarmte beide Frauen gleichzeitig.

Kenna merkte, wie sie steif wurde und löste sich schnell von den anderen.

Sie schloss die Tür zu und streifte die Jacke ab.

»Ich habe doch gesagt, die sind freiwillig raus«, nölte Eve. »Ich bin davon aufgewacht.«

»Wo wart ihr denn, die ganze Zeit im Bad?«

»Es hat sich keiner getraut, rauszugehen und nachzuschauen«, gab Beth zu.

»Dabei muss ich echt mal«, sagte Eve.

Aileen rollte mit den Augen und Penny verkniff sich ein Grinsen.

Kenna überlegte kurz und zog den Mantel wieder an.

»Wir gehen alle. Gleich zum Restaurant. Dort gibt

es auch ein Bad und wir haben viel mehr Platz. Kommt, zieht euch an.«

»Wo wart ihr denn jetzt?«, fragte Penny auf dem Weg zu dem langen Gebäude.

»Im Leuchtturm«, antwortete Kenna knapp.

»Und?«

Nachdenklich ließ Kenna den Blick über die Köpfe der anderen Hexen schweifen. Er blieb an Andies brünettem Kopf hängen und wanderte dann zu Jems dunklen Locken.

»Jem und du, ihr wart doch gestern beim Leuchtturm, als wir nach Carolyn gesucht haben, nicht wahr?«

»Ja, wieso?«

»Da war der Leuchtturm verschlossen? Ihr kamt nicht rein?«

»Haben wir doch gesagt, oder?«

»Ich frag nur, weil jetzt die Tür offen war.« Kenna sagte absichtlich nicht mehr, um Pennys Reaktion zu beobachten.

Doch die grünen Augen der ehemaligen Kräuterhexe waren unergründlich.

»Ach, ja? Habt ihr drinnen was gefunden.«

Kenna nickte nur. »Ich erzähle es gleich allen, wenn wir drin sind.« Sie ging einen Schritt schneller, damit Penny nicht nachhaken konnte.

Im Café gingen alle erst einmal auf die Toilette, und es wurde Tee und Kaffee gekocht. Ein paar holten sich etwas Schnelles zu essen aus der Küche.

Als alle Frauen um den großen Tisch versammelt waren, fing Kenna an zu erzählen.

»Eve hatte recht. Es ist jemand im Leuchtturm gewesen.«

Sie hätte gedacht, dass diese Neuigkeit für Aufregung sorgen würde. Aber die Tarbet-Hexen waren merkwürdig still. Jessica riss scheinbar überrascht die türkisfarbenen Augen auf, während es hinter Aileens Stirn offensichtlich ratterte. Nur Eve sprach. »Ich habe es doch gesagt. Ich weiß nicht, warum mir keiner glauben wollte.«

»Die Person im Leuchtturm war eine Frau, und den Klamotten und den Schuhen nach zu urteilen, ist sie recht zierlich. Ich lasse jetzt mein Handy mit Fotos von ihren Sachen herumgehen. Wenn euch daran etwas bekannt vorkommt, meldet euch bitte.«

Eine nach der anderen betrachtete aufmerksam die Fotos, während Kenna weitersprach. »Es ist also tatsächlich jemand anderes hier. Was das genau zu bedeuten hat, wissen wir noch nicht, denn …«

»Was soll das heißen?«, unterbrach Eve sie. »Natürlich wissen wir das. Wie ich von Anfang an gesagt habe, war niemand von uns für Paulas und Carolyns … Verschwinden verantwortlich. Die Täterin ist irgendwo da draußen.« Eve hatte rote Flecken im Gesicht. »Sie will uns eine nach der anderen niedermetzeln.«

»Was mich wundert«, sagte Kenna vorsichtig, »ist, wie eine solche Person genug Kraft aufbringen konnte, Paula und Carolyn zu überwältigen.«

»Und wenn es eine der Mull-Hexen ist?«, fragte Jessica. »In einer Tiergestalt hätte sie genug Kraft, oder nicht?«

Eve nickte heftig und hatte Tränen in den weit aufgerissenen Augen.

»Ja, na ja, es gibt mehrere Möglichkeiten«, meinte Kenna. »Erstens kann es sein, dass die Person Paula und Carolyn aus der Entfernung ermordet hat. Zum Beispiel mit einer Schusswaffe. Dagegen spricht, dass wir das nicht gehört haben und dass wir so etwas auch nicht im Leuchtturm gefunden haben. Und die Person hat offensichtlich alles andere dagelassen. Zweitens kann die Person die beiden Frauen in den Hinterhalt gelockt haben. Wenn sie ihr vertraut haben, dann haben sie ihr vielleicht arglos den Rücken zugekehrt. Das bedeutet, sie haben diese Person gekannt.« Kenna sprach nicht laut aus, was sie dachte. Wenn es so war, wie sie es gerade beschrieben hatte, dann war es sehr unwahrscheinlich, dass die Täterin nicht innerhalb dieser Gruppe zu finden war. Carolyn und Paula wären doch viel zu überrascht und argwöhnisch gewesen, jemand anderen hier am Ende der Welt zu treffen. Dass eine der hier Anwesenden die Mörderin war, schloss Kenna immer noch nicht aus, trotz der Klamotten im Leuchtturm.

Es war immerhin möglich, dass die Frau, die sich dort versteckt gehalten hatte, mit jemandem hier zusammenarbeitete.

»Drittens«, fuhr Kenna fort. »Die Mörderin hat Magie. Dann hätte sie gerade bei den schlechten Wetterkonditionen uns gegenüber einen Vorteil gehabt. Das würde erklären, warum sie sich fast unsichtbar da draußen bewegt hat, wieso ihr die Kälte nichts ausgemacht hat und weshalb sie die anderen überwältigen konnte.«

»Sag ich doch die ganze Zeit«, meinte Eve ungeduldig.

»Ja, aber wieso hat sie uns anderen nichts angetan, wenn sie so mächtig ist?«, stellte Aileen die Frage, die Kenna sich schon die ganze Zeit im Zusammenhang mit dieser Theorie gestellt hatte.

»Vielleicht hatte sie es einfach die ganze Zeit nur auf Carolyn abgesehen«, sagte Beth. »Warum auch immer. Und Paula hatte wirklich einen Unfall – oder hat die Person zufällig gesehen und musste dann beseitigt werden?« Den letzten Satz sagte sie so, als ob sie ihn selber nicht glaubte.

»Wieso ausgerechnet Carolyn? Was war an der so besonders?«, meinte Eve.

»Ich wundere mich eher, warum die Person nach dem Mord an Carolyn noch hier geblieben ist. Und hat sie uns mit dem Arm im Feuer einfach Angst machen wollen? Uns was sagen wollen? Hatte es etwas mit dem Julritual zu tun? Brauchte sie uns fürs Julritual und hat uns anderen deshalb nichts angetan?«

Kenna nickte Aileen ermutigend zu, als diese ihre Gedanken aussprach. Sie dachte sich insgeheim, dass die sonst so stille Schottin eine gute Ermittlerin abgeben würde.

Kenna räusperte sich. »Na ja, warum auch immer sie es getan hat. Ich nehme an, das Wetter hat sie genauso überrascht wie uns. Das hatte sie nicht einkalkulieren können. Vermutlich sitzt sie jetzt hier genauso fest wie wir.«

»Hmm, wenn sie eine Gestaltwandlerin ist, dann könnte sie doch hier wegkommen?«, überlegte Eve laut.

Der Schnee würde sie nicht davon abhalten, von hier wegzu-fliegen, dachte Kenna, die sich an die goldene Feder erinnerte. Warum war sie hiergeblieben? Weil sie noch nicht fertig war?

»Stimmt, wir drehen uns schon wieder im Kreis. Wir müssen die Gegend noch einmal gründlich absuchen. Irgendwo muss der Rest von Carolyns Leiche sein. Das Wetter ist besser und wir können uns weiter vorwagen, um nach Handy-Empfang zu suchen. Ich schlage vor ...«

Ein merkwürdiges Geräusch von Beth unterbrach Kennas Anweisungen. Die Amerikanerin versuchte offensichtlich zu würgen, aber bekam wohl keine Luft mehr. Sie war ganz rot im Gesicht. Vor ihr auf dem Tisch lagen die Reste eines Minced Pies, von dem sie abgebissen hatte.

Kenna, die sowieso schon stand und sich direkt neben Beth befand, klopfte ihr auf den Rücken. Es schien nicht zu helfen. Eve, auf Beths anderer Seite, handelte überraschend geistesgegenwärtig. Sie riss Beth hoch, legte die Arme von hinten um deren Bauch und wendete das Heimlich-Manöver an.

Beth spuckte aus, was ihr im Hals stecken geblieben war, und holte keuchend Luft.

Alle anderen starrten entsetzt auf das, was auf dem Tisch gelandet war.

SECHZEHN

AUF DEM TISCH LAG, ZWISCHEN DEN RESTEN zerkauten Mürbeteigs und der Minced-Pie-Füllung, ein Armband mit einem runden Anhänger.

Andies Augen weiteten sich und sie wurde ganz blass.

»Wie konntest du das verschlucken?«, fragte Eve ungläubig.

Beth, die ein Glas Wasser trank, das ihr jemand rübergeschoben hatte, zeigte auf den angebissenen Minced Pie.

»Das Armband war im Gebäckstück?« Auch Jem hörte sich ehrlich verwirrt an. »Hat es jemand beim Backen verloren oder was?«

Kenna beugte sich über den Tisch, um den Anhänger näher zu betrachten. Als sie aufschaute, begegnete ihr Blick dem von Andie.

»Das ist Carolyns, oder?«

Andie nickte leicht apathisch.

»Hast du nicht behauptet, du hättest gesehen, dass das Armband mit dem Anhänger an Carolyns Arm war, als der im Feuer verbrannte?«

»Doch …« Andie räusperte sich, weil ihre Stimme heiser wurde. »Ich habe es gesehen … ich dachte, ich habe es gesehen …«

Kenna entging nicht, wie sich Penny und Jem anschauten.

»Wo kommt dieser Minced Pie her?«, fragte sie in die Runde. »Wer hat den gebacken und wann?«

»Jessica und ich haben Minced Pies gebacken«, sagte Eve mit herausfordernder Stimme. »Gestern Mittag. Die standen auf der Liste von Sachen, die vorzubereiten waren.«

»Keine Ahnung, wie Carolyns Armband in die Füllung gekommen ist«, sagte Jessica. Ihre türkisfarbenen Augen weiteten sich. »Meint ihr, diese Person aus dem Leuchtturm hat sich irgendwie an uns vorbeigeschlichen und das in die Schüssel mit den aufgekochten Trockenfrüchten geschmuggelt? Wie sollte das möglich gewesen sein?«

»Vielleicht ist es gar nicht einer von unseren«, sagte Eve.

»Ja, bestimmt hat man uns den Minced Pie untergeschoben«, stimmte Jessica eifrig zu.

Penny beugte sich vor, um das angebissene Mürbeteigküchlein näher zu betrachten. »Sieht aber genauso aus, wie der, den ich gestern gegessen habe.«

»Minced Pies sehen alle gleich aus!«, rief Eve.

Alle fingen an, durcheinanderzureden.

Kenna rieb sich die müden Augen. Bevor sie auch nur ein Rätsel gelöst hatten, kam schon wieder das

nächste. Ihr Gehirn drohte bei so vielen Ungereimt-
heiten zu streiken.

Was würde sie machen, wenn sie diesen Fall
unter »normalen« Umständen zu lösen hätte? Wie
würde sie vorgehen? Sich an Ausbildung und
bewährte Methoden zu halten, schien ihr der einzige
Anker in dieser immer mysteriöser werdenden
Situation.

Sie atmete tief durch und nahm erst einmal die
Kette mit dem Anhänger mit einer Gabel hoch, die
auf dem Tisch lag. Das ganze Armband war aus Gold,
auch der Anhänger, der wie eine kleine dicke Scheibe
aussah.

Kenna trug das Armband in die Küche, hielt es
unter laufendes Wasser, um die Minced-Pie-Reste
abzuwaschen, und fand dann eine Gefriertüte, in der
sie das Armband aufbewahren konnte. Sie faltete die
Tüte zusammen und steckte sie in die Gesäßtasche
ihrer Jeans.

Dann ging sie ins Restaurant zurück und steckte
den angebissenen Minced Pie in ein anderes Tütchen.
Sie würde das Küchlein zu den Beweisen in die
Gefriertruhe tun.

Anschließend bat sie um Ruhe.

»Ich werde jetzt gleich jede von euch einzeln befragen.« Sie schaute sich um, um einen Ort zu finden, wo
das ungestört ablaufen konnte. Wegen der Durch-
reiche fiel die Küche aus. Dann gab es nur noch die
Toilette und den Vorratsraum. Der war geräumig
genug und würde dafür herhalten müssen.

»Jem, du bist als Erste dran«, sagte Kenna und
schnappte sich zwei Stühle.

Im Vorratsraum angekommen, nahm die große Wetterhexe auf dem Stuhl gegenüber Kenna Platz.

Kenna zückte ihr Notizbuch und ihren Stift.

»Jem, du hast mich hierher eingeladen und ich will dich nicht verdächtigen, aber ehrlich gesagt merke ich, dass ihr mir etwas verheimlicht. Du und Penny …«

»Ja, wir haben etwas verheimlicht«, gab Jem zu, bevor Kenna sie noch weiter überreden musste.

Jem beugte sich vor und sprach leise. »Wir wollten so wenigen wie möglich davon erzählen, denn es ist sehr, sehr wichtig, dass niemand etwas davon mitbekommt. Die Personen, um die es sich hier handelt, sind auf der Flucht. Wir wollten, dass sie am Wintersonnenwendefest teilnehmen, aber das Risiko, alle einzuweihen, konnten wir angesichts der Umstände nicht auf uns nehmen.«

»Moment mal«, unterbrach Kenna sie. »Personen?«

Jem seufzte. »Es waren Birdie und ihre Mutter. Birdie ist ja seit der Beltane-Feier in der Lage, sich in einen Adler zu verwandeln. Ihre Mutter Helen wurde auch verwandelt, doch leider ist ihr die Rückverwandlung zum Menschen nie mehr gelungen. Es bereitet Birdie größte Sorgen. Wir dachten, wenn wir ein kleines bisschen Magie generieren könnten, bei diesem Julfest, würde es Helen vielleicht helfen.«

Kenna dachte nach. Die Kleider und Schuhe in kleinen Größen, die goldene Feder … all das passte zu Jems Geschichte. Sie hatte schon den Verdacht gehabt, dass es sich um Birdie handelte, da sie wusste, dass die Gestaltwandler-Hexe ein Goldadler war. So fügten sich auch die anderen Kleinigkeiten zusammen, deretwegen sie Penny und Jem im Verdacht gehabt hatte, zum Beispiel, warum die beiden gelogen hatten, was den Leuchtturm anging. Die beiden mussten den Schlüssel gehabt haben.

»Eigentlich wussten nur Penny und ich davon«, fuhr Jem mit ihrer Erklärung fort. »Aber ich denke, Andie und Beth haben es erraten. Das Problem war, dass wir uns nicht austauschen konnten. Du hast ja insistiert, dass wir alle in unseren Gruppen zusammenbleiben. Ich wollte es dir sagen, aber ich hab dich nie allein erwischt. Ich bin froh, dass du auf die Idee mit der individuellen Befragung gekommen bist.«

»Und die Sache mit Paula und Carolyn, die hat nichts mit euch oder mit Birdie zu tun?«

»Nein, natürlich nicht«, antwortete Jem erschrocken.

»Wann habt ihr das letzte Mal mit Birdie gesprochen?«, fragte Kenna weiter.

»Na, als Penny und ich gestern Morgen zum Leuchtturm gegangen sind. Es hat uns gut gepasst, dass Jessica und Eve nicht mitkommen wollten. So konnten wir Birdie sprechen. Wir haben ihr gesagt, was mit Paula passiert ist und dass auch Carolyn verschwunden ist. Sie wollte die Augen offen halten. In Adler-Gestalt wäre es ihr eigentlich möglich gewesen, vielleicht etwas zu beobachten. Nur seitdem konnten wir uns nicht mehr von der Gruppe absondern. Eigentlich wollten Penny und ich uns gestern Nacht aus dem Cottage schleichen, aber wir sind eingeschlafen! Und dann hat natürlich Eve uns einen Strich durch die Rechnung gemacht.«

Jem erzählte außerdem, dass Birdie und ihre

Mutter über den Cape Wrath Trail hergekommen waren. Sie hatten sich beim Leuchtturm versteckt und nach ihrer eigenen Ankunft hatten Penny und Jem ihr den Schlüssel für den Turm gebracht.

»Wir wussten, dass es genug Gebäude gab, wo wir die beiden vielleicht verstecken konnten, aber der Leuchtturm war natürlich ideal und wir waren froh, als wir den Schlüssel fanden.«

»Hast du eine Ahnung, wo Birdie jetzt ist?«, fragte Kenna.

»Nein, das weiß ich nicht.«

»Sie könnte ja Hilfe holen. Als Adler ist sie vom Schnee nicht betroffen. Wenn ich das gewusst hätte, dann hätte ich sie schon längst darum gebeten, damit endlich jemand herkommt!«

Jem seufzte. »Ich hoffe, dass sie das tut. Aber sie wird es anonym machen müssen. Sie hat einfach zu viel Angst, sich irgendwo zu melden. Außerdem weiß sie wahrscheinlich nichts von dem Arm, sprich, dass Carolyn tatsächlich etwas zugestoßen ist. Der letzte Stand, also als Penny und ich mit ihr gesprochen haben, war der, dass Carolyn einfach verschwunden war. Ich gehe davon aus, dass Birdie und Helen keine weitere Gefahr gespürt oder gesehen haben, sonst hätten sie schon das Richtige getan und uns irgendwie davon erzählt.«

Kenna entließ Jem aus dem Verhör. Als Nächstes nahm sie Penny dran, von der sie ungefähr dasselbe erfuhr.

Nachdem sie Penny wieder weggeschickt hatte, machte sich Kenna ein paar Notizen.

Sie hatte gespürt, dass jemand anders da draußen

gewesen war. Ihre Intuition hatte recht behalten. Auch darin, dass die große Gefahr nicht von dieser Person ausging.

Wenn Birdie und ihre Mutter niemanden beobachtet oder bemerkt hatten, dann war wahrscheinlich auch keine Außenstehende für die Gräueltaten verantwortlich.

Kenna kam wieder zu ihrer ursprünglichen Theorie zurück, die auch zu dem Telefongespräch mit Cerys passte. Die Verräterin war eine von ihnen.

Nur wer?

SIEBZEHN

Kenna verlor keine Zeit, zur Sache zu kommen, als Andie ihr im improvisierten Verhörzimmer zwischen den gefüllten Regalen gegenübersaß.

»Warum hast du behauptet, du hättest Carolyns Armband im Feuer gesehen?«

»Ich dachte wirklich, ich hätte es gesehen.« Andies Augen wirkten merkwürdig fiebrig.

Kenna betrachtete sie forschend.

»Es gehe mal alle Möglichkeiten durch. Entweder Jessica oder Eve haben das Armband beim Backen in die Minced-Pie-Füllung getan. Auch wenn ich nicht verstehe, warum das eine von ihnen hätte tun sollen, ist das meine Top-Theorie. Es ist doch sehr unwahrscheinlich, dass sich jemand Fremdes in die Küche geschlichen hat und die beiden davon nichts bemerkt haben. Selbst wenn es eine Gestaltwandlerin war oder sich jemand unsichtbar gemacht hätte – das Armband kann ja nicht unsichtbar gewesen sein. Dass man das nicht bemerkt, besonders den Anhänger – das kann ich kaum glauben.«

»Wie dem auch sei, in all diesen Fällen hätte ich das Armband nicht an dem abgetrennten Arm im Feuer sehen können, wenn es am Vormittag in den Minced Pie gebacken worden ist«, sagte Andie heiser.

»Genau. Und die andere Möglichkeit ist noch unwahrscheinlicher. Dass jemand das Armband von dem gefrorenen Arm aus der Gefriertruhe genommen hat. Da ich es nicht mehr erkennen konnte, nahmen wir an, dass Haut und Fleisch darüber zusammenge-schmort sein mussten. Dann hätte dieser jemand also den Arm auftauen und das Armband herauspulen müssen. Und dann irgendwo hier einen Minced Pie backen. Wo? In dieser Küche? Nachts, unbemerkt, wie ein Heinzelmännchen?« Kenna schüttelte den Kopf.

»Du könntest nachschauen.« Andies Blick ging zur großen Gefriertruhe am Ende des Gangs.

Kenna zögerte. Es war keine angenehme Aufgabe. Aber Andie hatte recht. Um wirklich sicherzugehen, sollte sie zumindest kontrollieren, ob der Arm noch da war.

Mit einem unterdrückten Seufzer stand sie auf. Andie folgte ihr zur Truhe.

Kenna hob den Deckel.

Das eingewickelte Päckchen mit dem Arm lag noch genauso da, wie sie es reingelegt hatte.

So sah es zumindest aus.

Sie nahm das Päckchen heraus.

»Kannst du den Deckel zumachen, bitte, damit wir eine Ablage haben?«

Gleich darauf legte sie ihre kalte Fracht ab. Die

herumgewickelte Decke war zwar recht steif, ließ sich aber einfach entfernen. Vorsichtig drehte Kenna den Arm ein letztes Mal, bis er ausgepackt dalag.

Der Sand klebte immer noch an dem Körperteil. Kenna kniff die Augen etwas zusammen und beugte sich tiefer. Sie konnte nirgends ein Armband oder den Anhänger hervorschauen sehen. Und es wirkte auch nicht so, als ob jemand am Handgelenk herummanipuliert hatte, um an das Armband zu gelangen.

»Um ganz sicher zu sein, müsste ich den Sand entfernen und das Fleisch aufschneiden. Aber ich glaube, diese Überprüfung genügt. Alles Weitere überlasse ich lieber dem Labor. Es sieht mir nicht danach aus, als ob sich jemand daran zu schaffen gemacht hätte, was meinst du?«

Andie schüttelte den Kopf.

Kenna wickelte den Arm wieder ein und sie verstauten ihn erneut in der Gefriertruhe.

Erst als sie sich wieder einander gegenüber hingesetzt hatten, fing Andie an zu reden.

»Ich habe vergessen, wie es sich anfühlt, wenn man eine Vision hat. Es hat sich so real angefühlt …« Sie runzelte die Stirn. »Ich bin es nicht gewöhnt, so kleine Details zu sehen. Meine Visionen waren größer, umfangreicher … Wie Träume. Das hier war …« Andie machte die Augen zu. Eine Träne quoll unter ihren geschlossenen Lidern hervor. »Ich kann es gar nicht glauben.«

»Du hast deine Magie wieder, Andie!« Kenna flüsterte. »Zumindest ein ganz kleines bisschen … hat sonst noch jemand etwas bemerkt, dass das Wintersonnenwende-Fest etwas bewirkt hat?«

»Nein – zumindest hat niemand was gesagt. Wir wissen auch nicht, ob meine Gabe, zumindest im Kleinen, wirklich wieder zurück ist. Es könnte sein, dass es an dieser speziellen Nacht lag …«

»Möglich. Da musst du wohl abwarten.«

»Du darfst niemandem davon erzählen, Kenna! Versprich es mir!«

Kenna hob beschwörend die Hände. »Hey, keine Sorge. Dein Geheimnis ist bei mir sicher.« Sie wusste, wie gefährlich es sein konnte, wenn jemand davon erfuhr. Andie würde vielleicht fliehen und sich verstecken müssen, so wie Birdie.

»Übrigens, Jem und Penny haben mir erzählt, dass Birdie als geheimer Gast zur Zeremonie eingeladen war. Warum hast du heute früh nicht einfach etwas zu mir gesagt, statt so zu tun, als wüsstest du von nichts?«

»Ich wusste auch nichts. Ich hab es geahnt. Als wir im Leuchtturm waren, wurde es mir immer klarer. Dann war da das offene Fenster und daran klebte eine Feder.«

»Ja, die hab ich draußen im Schnee gesehen und mir Ähnliches zusammengereimt«, meinte Kenna.

Andie lächelte zerknirscht. »Ich wollte erst mit Jem reden. Als Birdies beste Freundin war sie wahrscheinlich diejenige, die sie eingeladen hat. Und Jem und Penny waren gestern früh beim Leuchtturm gewesen … Aber ich war nie mit einer von beiden allein, sodass wir es hätten besprechen können.«

Kenna nickte langsam. »Und das gilt auch für alle anderen. Keine war allein, um die Gelegenheit zu haben, sich heimlich ins Restaurant zu schleichen und einen Minced Pie zu backen, ohne dass jemand davon etwas mitbekam.«

Kenna erzählte Andie von ihrer Annahme, dass Birdie und ihre Mutter eine andere Person, die nicht zu dieser Gruppe gehörte, bemerkt haben müssten. »Jemand, der keine Spuren hinterlässt und da draußen in Schnee und Kälte haust? Allerhöchstens wäre das doch eine Gestaltwandlerin. Penny hat mir aber erzählt, dass Gestaltwandler die Präsenz, das Denkmuster anderer ihrer Art erkennen. Birdie und Helen in Adlerform hätten eine andere Gestaltwandlerin ganz sicher bemerkt. Und ein ach so mächtiger Magier? Der müsste doch gar nicht unter unserem Radar wirken. Der könnte uns alle hypnotisieren oder sonst wie beeinflussen. Nicht zuletzt deshalb glaube ich nicht daran, dass ein geheimnisvoller Fremder der Übeltäter ist. Die Mörderin weilt unter uns. Und logischerweise müsste es sich dabei um Eve oder um Jessica handeln.«

Andie stimmte Kenna zu.

Die beiden hatten gerade angefangen, zu überlegen, wer von den zweien es sein könnte, als es klopfte.

Überrascht schaute Kenna auf. »Ja, bitte?«

Aileen steckte ihren Kopf durch die Tür. »Kenna, ich muss unbedingt mit dir sprechen!«

Nachdem Andie den Raum verlassen hatte, deutete die Polizistin auf den leeren Stuhl, aber Aileen blieb stehen.

»Ich weiß, wer die Mörderin ist«, sagte sie aufgeregt. »Oder zumindest weiß ich, wer das Armband in den Minced Pie getan hat.«

ACHTZEHN

GESPANNT SAH KENNA DIE SCHWARZHAARIGE JUNGE Frau an.

»Der Minced Pie war für jemand anderen. Ein Zettel klebte auf der Dose. Beth hat den einfach ignoriert.«

Doch bevor Aileen sagen konnte, wessen Name auf dem Zettel stand, wurde die Tür zum Vorratsraum aufgestoßen.

Es war Penny. »Das Telefon funktioniert wieder«, rief sie. »Ich habe die Polizei am Apparat.«

Kenna wirbelte zu Aileen herum. »Bleib hier und warte, bis ich gleich zurückkomme!«

Dann rannte sie aus dem Zimmer zur Küche und schnappte sich den Hörer, den Jem ihr hinhielt.

Es dauerte eine Weile, bis Kenna alles mit den zuständigen Behörden abgesprochen hatte.

Sie musste mehrere Male für verschiedene Personen wiederholen, was auf Cape Wrath vorgefallen war. Natürlich ließ Kenna aus, dass es sich bei den anwesenden Frauen um ehemalige Hexen handelte. Sie sagte auch nichts von Cerys' Anruf. Aber auch ohne diese Hintergründe zu kennen, würden die ermittelnden Beamten sicher darauf kommen, dass eine von den Frauen hier für Carolyns Mord verantwortlich gewesen sein musste.

Kennas oberste Priorität war erst einmal, Ermittler und die Spurensicherung hierher zu bekommen. Hoffentlich würden die dann schnell feststellen, was mit Carolyn und auch mit Paula passiert war. Und die anderen Frauen hier waren dann beschützt und in Sicherheit.

Nachdem sie endlich aufgelegt hatte, zitterten Kennas Beine. Während des Gesprächs war sie im Restaurant hin- und hergetigert, jetzt ließ sie sich auf einen Stuhl sinken.

Es war, als ob eine große Last von ihren Schultern genommen worden wäre und sie erst jetzt bemerkte, wie anstrengend es gewesen war, diese zu tragen.

Sie war so erschöpft und gleichzeitig erleichtert, dass ihr ein paar Tränen die Wange herunterliefen. Schnell wischte Kenna sie weg und wandte sich dann den anderen zu, die um sie herumstanden.

Alle schienen gespannt darauf zu warten, was als Nächstes passieren würde, drängten sie aber nicht.

»Sie schicken einen Helikopter«, begann sie. »Die Straßen sind wieder so ziemlich in Ordnung, sodass sie auch Leute mit dem Boot und dem Minibus schicken werden. Wir können natürlich nicht einfach weg, sondern müssen auf Anweisungen warten.«

Auf den Gesichtern der anderen Frauen sah

Kenna Erleichterung, aber auch Angst. Sie verstand, wo diese gemischten Gefühle herrührten. »Früher oder später werdet ihr alle sehr intensiv befragt werden«, sprach sie das Problem an. »Wir müssen uns darauf einigen, was wir sagen und was wir verschweigen. Besprecht das besser erst einmal unter euch. Ich rate aber dazu, so nahe wie möglich an der Wahrheit zu bleiben. Wenn wir uns in einem zu komplizierten Lügengerüst verstricken, kann das nur zu Komplikationen führen, wegen denen eine Unschuldige womöglich in das Kreuzfeuer der Polizei gerät.«

Jem nickte. »Ja, eventuell ziehen wir aus dem Grund dann noch die Aufmerksamkeit der Magier auf uns. Wir sollten sagen, dass wir alle Heimatvereinen angehören und dass wir alte Traditionen und Bräuche feiern wollten. Wir können das einfach ein bisschen verharmlosen. Wir haben einen Julklotz gemacht und verbrannt. Die Wintersonnenwende-Zeremonie sollten wir weglassen. Wir waren einfach alle draußen und haben etwas getrunken. Bei allen anderen Sachen sollten wir nicht lügen.«

»Bitte erwähnt auch das Armband nicht, bis wir wissen, was es damit auf sich hat.« Kenna stand auf und entfernte sich mit dem Telefon von der Gruppe. Sie sollte ihren Vorgesetzten Declan Reid anrufen. Er wusste über die Highland-Hexen Bescheid – immerhin war Penny seine Schwester. Vielleicht hatte er einen Rat und konnte außerdem seinen Einfluss nutzen, um es für die anwesenden Frauen ein wenig einfacher zu machen.

Und natürlich gab es noch eine Person, die sie unbedingt erreichen musste: Cerys Adams.

Was Declan anging, war Kenna erfolgreich, aber Cerys bekam sie nicht an den Apparat. Sie hoffte, dass die ehemalige Waliser Oberhexe sie sehr bald zurückrufen würde.

Im Anschluss an ihre Telefonate sprach sie sich mit Jem ab und ließ sich darüber unterrichten, was die anderen bezüglich der offiziellen Geschichte besprochen hatten.

Als Kenna wieder in die Runde blickte, fiel ihr auf, dass Aileen nicht dabei war. Natürlich – sie hatte sie gebeten, im Verhörzimmer zu warten. Das war aus dem Impuls heraus geschehen, gleich wieder zu der jungen Frau aus St. Andrews zurückzukehren, weil sie selbstverständlich unbedingt hören wollte, was sie zu sagen hatte.

Sie hatte natürlich nicht damit gerechnet oder darüber nachgedacht, dass die Berichterstattung gegenüber der Polizei und alles was dazugehörte, so lange dauern würde.

Mit einem unguten Gefühl im Magen sprintete Kenna zum Vorratsraum. Die beiden Stühle standen noch genauso im Gang zwischen zwei Regalen, wie sie sie verlassen hatte. Aber Aileen war nicht mehr dort.

Oh nein, oh nein, oh nein, dachte Kenna verzweifelt. *Bitte nicht.*

Jetzt war ein Ende dieses Albtraums endlich absehbar und sie hatte es so lange tatsächlich geschafft, für die Sicherheit der anderen zu sorgen. Wo alles praktisch schon vorbei war, da musste eine dritte Frau verschwinden?

Besorgt rannte Kenna zurück zum Café. »Habt ihr

Aileen gesehen?«, rief sie in die Runde und unterbrach damit das aufgeregte Geplapper der Frauen.

Alle hörten auf zu sprechen und schauten Kenna überrascht an.

»Was ist?«, fragte Andie.

»Aileen! Hat sie jemand gesehen?« Kenna musste sich sehr zusammenreißen, um nicht laut loszuschluchzen.

Die Frauen sahen sich um und einander an.

Kennas Blick irrte gehetzt durch den Raum.

Jem, Andie, Penny, Beth, Eve …

Aileen war nicht da. Aber es fehlte doch noch jemand.

»Jessica ist auch weg«, sagte Penny, gerade als Kenna das auch auffiel.

Die Polizistin fuhr sich mit der Hand durch die langen blonden Haare. »Gerade eben hab ich sie doch noch gesehen – Jessica, meine ich.«

»Ja«, bestätigte Jem. »Sie war noch hier, als du erzählt hast, dass die Polizei kommt.«

»Stimmt, ich hab sie auch gesehen«, sagte Penny. »Aber Aileen nicht. Du hast ja gesagt, sie soll im Vorratsraum warten, Kenna. Aber es war alles so nervenaufreibend, ich habe gar nicht mehr dran gedacht.«

»Ich auch nicht«, rief Kenna verzweifelt. »Und jetzt ist sie weg.«

»Ich hatte ehrlich gesagt gedacht, Jessica und Aileen wären zusammen, weil ich beide eine Weile nicht gesehen habe«, sagte Beth. »Jessica war auf jeden Fall länger mal weg. Aber da beide nicht da waren, hab ich mir keine Gedanken gemacht, da sie anscheinend zu zweit unterwegs waren …«

»Jem hat recht, vorhin, als wir um Kenna herumstanden, war Jessica da«, sagte Eve.

Kenna überlegte fieberhaft. Jetzt fehlten auf einmal zwei von ihnen.

Das konnte doch nur bedeuten, dass eine von beiden die Mörderin war – die Verräterin, von der Cerys angeblich gesprochen hatte.

Kenna versuchte, einen klaren Kopf zu behalten und trotz ihrer Panik klar zu denken. Sie rief sich in Erinnerung, was Aileen ihr hatte sagen wollen.

»Beth«, sagte sie und schaute die Amerikanerin an. »Der Minced Pie – Aileen hat gesagt, du hast ihn aus einer Dose genommen, auf der ein Name stand, stimmt das?«

Beth schaute sich verlegen um und wurde ein bisschen rot. »Ja, okay, ich gebe es zu. Die Minced Pies hatten so gut geschmeckt und ich habe nur noch die in der Dose gesehen. Ich hatte Hunger und …«

»Das spielt jetzt keine Rolle«, unterbrach Kenna sie ungeduldig. »Was stand auf dem Zettel?«

Beths Augen weiteten sich, als sie begriff, worauf Kenna hinauswollte.

»Da stand ›Pendle-Zirkel‹.«

NEUNZEHN

19

»Iᴄʜ ʜᴀʙᴇ ᴍᴇɪɴᴇ ᴇɪɢᴇɴᴇ Rᴇɢᴇʟ ɢᴇʙʀᴏᴄʜᴇɴ ᴜɴᴅ ɴɪᴄʜᴛ darauf geachtet, dass wir alle zusammenbleiben. Ich war so erleichtert, dass wir Kontakt zur Polizei haben und endlich Hilfe kommt … ich dachte, Aileen kann besser im Verhörzimmer warten, weil sie mir was Wichtiges sagen wollte … ich dachte, ich hätte alles unter Kontrolle, aber ich … ich habe einen großen Fehler gemacht.« Kenna schwirrte der Kopf. Sie musste sich setzen, aber eigentlich wollte sie nur nach draußen, um nach Aileen zu suchen.

Jem nahm sie sanft am Arm. »Jetzt setz dich mal kurz hin.«

»Ja, und mach dir bitte keine Vorwürfe. Du hast dein Bestes getan«, versuchte Andie sie zu beruhigen und Beth legte tröstend einen Arm um ihre Schultern. »Ohne dich hätten wir hier gar nicht so lange durchgehalten, wahrscheinlich wären wir alle … so geendet wie Carolyn.«

»Ich verstehe nicht, wie das passieren konnte«, sagte Penny nach einem Moment des bedrückenden Schweigens.

»Ich hab nicht aufgepasst«, sagte Kenna. »Ich dachte, ich könnte mit allen Bällen gleichzeitig jonglieren, aber …«

»Nein«, unterbrach Penny sie. »Ich meine, wie konnten wir nicht bemerken, dass Jessica abgehauen ist. Und Aileen … Der Vorratsraum ist da hinten, hinter der Küche. Wie hätte sie Aileen hier rausbringen können? Da gibt es doch keine Hintertür oder so?«

»Nein«, sagte Beth. »Es sei denn, es gibt einen Geheimgang nach draußen, von dem der Besitzer mir nichts gesagt hat.«

»Jessica war gerade noch hier, ich könnte es schwören«, meinte Eve.

Kenna sprang auf. »Dann kann sie noch nicht lange weg sein. Sie muss mit Aileen in der Nähe sein. Egal, wie sie hier rausgekommen ist – ich sehe keine andere Möglichkeit, außer dass sie sich in einem der umliegenden Gebäude versteckt.«

Sie war schon fast aus der Tür, als sie zu Ende gesprochen hatte.

Da drehte sie sich wieder um. »Wir bleiben jetzt wirklich zusammen. Egal, was ist. Ich weiß, wir wären schneller, wenn wir uns aufteilen, aber ich will nicht das Risiko eingehen, dass noch jemandem etwas passiert, okay?«

Die anderen waren einverstanden.

Das Gelände war ziemlich übersichtlich, besonders

bei Tageslicht und ohne Schneesturm oder sonstige wetterbedingte Sichtbehinderungen.

Jessica und Aileen waren nirgends zu sehen.

Gemeinsam eilten sie zur Unterkunft. Schnell stellten sie fest, dass die Verräterin und ihre Geisel weder in dem einen noch in dem anderen Cottage waren. Auch das Bad war leer.

»Jessicas und auch Aileens Sachen sind noch da«, stellte Kenna fest. »Und auch sonst scheint nichts zu fehlen. Ich glaube nicht, dass sie hier waren.«

Das Gebäude, das als nächstes dran war, war der Leuchtturm. Auch der war schnell durchsucht. Wie in der Nacht zuvor war der Turm oben abgeschlossen. Kenna kam nicht auf die Plattform und zur Laterne. Konnte es möglich sein, dass sich Jessica mit Aileen dort versteckte? Aufgrund Birdies Anwesenheit war definitiv auszuschließen, dass Jessica vorher hier gewesen war. Und mit Carolyn wohl schon gar nicht, denn sonst hätte man Blutspuren oder andere Hinweise um den Leuchtturm und im Treppenhaus finden müssen. Außerdem würde das bedeuten, dass Jessica auch einen Schlüssel für den Leuchtturm hatte.

All das schien Kenna unwahrscheinlich, aber wenn sie gründlich suchen wollten, dann durften sie kein mögliches Versteck außer Acht lassen. Jem rückte den Schlüssel zum Leuchtturm raus, den sie noch in der Tasche hatte, und Kenna kletterte auf die auskragende Plattform unterhalb der Laterne. Hinter ihr stieg Beth durch die Luke.

»Ihr müsst nicht alle hochkommen«, rief Kenna den anderen im Treppenhaus zu. »Hier ist sowieso kein Platz. Und wir können sehen, dass Jessica nicht hier ist.« Einen Moment später sagte sie: »Aber wir schauen uns kurz um. Man hat einen ziemlich spektakulären Ausblick von hier. Vielleicht sehen wir was, was wir vom Boden aus nicht entdecken würden.«

Die beiden Frauen hielten Ausschau und auf einmal merkte Kenna, wie Beth sich versteifte. Deren Gesicht wurde aschfahl. »Dort«, flüsterte sie.

Beth zeigte in Richtung der Lloyds-Gebäude, aber so sehr sich Kenna auch anstrengte, sie konnte nichts sehen. »Ich erkenne nichts …«

»Du siehst sie nicht?«, sagte Beth in einem komischen Tonfall, nur halb wie eine Frage intoniert.

Bevor Kenna etwas erwidern konnte, war Beth durch die Luke wieder nach unten geklettert. Kenna folgte ihr, aber die junge Frau mit den rotbraunen Haaren raste an den anderen vorbei. Alle sahen ihr erstaunt nach.

»Was ist?«, fragte Eve.

»Sie hat jemanden gesehen!« Kenna verlor keine Zeit, Beth zu folgen und auch die anderen stürmten aus dem Leuchtturm.

Kenna keuchte, als sie Beth endlich kurz vor den Lloyds-Gebäuden eingeholt hatte.

»Hast du Jessica gesehen? Oder Aileen?«

Beth starrte nur ins Leere, wie ein Reh im Scheinwerferlicht.

»Beth?«

Sie drehte sich zu Kenna und den anderen um.

»Ich habe *Carolyn* gesehen.«

»Was?«, fragten alle durcheinander.

»Ja, sie stand bis eben dort direkt neben dem zugemauerten Gebäude.«

Keiner musste aussprechen, was das bedeutete.

Niemand sonst hatte Carolyn gesehen.

Carolyn war tot.

Bethany hatte etwas von ihrer Gabe zurück.

Sie hatte Carolyns *Geist* gesehen.

Statt darauf einzugehen oder Beth gar infrage zu stellen, konzentrierte sich Kenna gleich auf das Wesentliche.

»Was hat das zu bedeuten?« Sie ging ein paar Schritte nach vorne, zu den Ausgrabungen, wo sie am Morgen davor das Blut gefunden hatten. »Ich nahm ja an, dass Carolyn hier überfallen wurde. Vielleicht stand sie deshalb dort?«

Beth zuckte mit den Schultern.

Schnell schauten die anderen in den offenen Ruinen nach, aber Jessica und Aileen hatten sich nirgends in den alten Gemäuern versteckt.

»Das einzige Gebäude, das wir noch nicht untersucht haben und in dem sie sich verbergen könnten, ist dieses hier«, musste Kenna am Ende feststellen. »Aber es ist zugemauert. Wir haben keinen Eingang gefunden.«

»Vielleicht gibt es doch einen«, rief Jem. »Wenn Beth Carolyn hier gesehen hat, dann ist die Wahrscheinlichkeit groß, dass sie hier getötet wurde. Wir müssen das Gebäude noch mal untersuchen.«

Die Frauen machten sich mit Feuereifer daran, jeden Stein zu prüfen.

»Hier!«, schrie Andie auf einmal. »Ich hab ihn gefunden. Hier!«

Die anderen kamen zu der Seite des Gebäudes, wo Andie lockere Steine entdeckt hatte. Tatsächlich konnte man einen Teil der Mauer einfach zur Seite schieben.

Sie erkannten sofort, dass drinnen Licht brannte.

Ein paar Kerzen waren aufgestellt und angezündet worden.

Auf dem Boden lag eine gefesselte und geknebelte Frau, die sich hin und her warf und versuchte, zu schreien.

Andie stürzte auf die Frau zu: »Aileen!«

ZWANZIG

KENNA HATTE ANDIE ZURÜCKHALTEN WOLLEN, WEIL SIE befürchtete, Jessica sei ebenfalls im Gebäude.

Aber eine schnelle Durchsuchung der Ruine zeigte ihr, dass die Frau aus dem Pendle-Zirkel nicht hier war.

Schnell eilte sie zu Aileen zurück. Die anderen hatten ihr mittlerweile den Knebel entfernt und lösten ihre Fesseln. Andie hatte ihr ihre Jacke um die Schultern gelegt, denn Aileen hatte nur Unterwäsche an.

»Wo ist Jessica?«, fragte Kenna, aber Aileen schien völlig apathisch und antwortete nicht.

Kenna zog ihre eigenen Schlussfolgerungen. In einer Ecke hatte sie Jessicas Kleider und Schuhe gefunden. Sie musste Aileens Wandersachen angezogen haben. Ganz offensichtlich wollte sie gegen die Kälte draußen gerüstet sein. Dann lag die Vermutung nahe, dass sie geflüchtet war.

Ein Aufschrei ließ Kenna herumwirbeln. Beth

befand sich hinter einer der Mauern in der Ruine – die Wände, die früher kleine Zimmer abgeteilt hatten, waren teils erhalten.

»Was ist, Beth?«

Bethany zeigte mit dem Licht ihres Handy-Displays in eine Ecke, wohin der Schein der Kerzen nicht reichte. Eine dünne Plane deckte etwas ab, was ganz offensichtlich der Körper eines Menschen war. Kenna hob das Kunststoffgewebe vorsichtig an. Der Leiche fehlte ein Arm.

Und der Kopf.

Trotzdem war sich Beth sicher: »Das ist Carolyn.«

Kenna fragte sich, was um alles in der Welt Jessica mit dem Kopf gemacht hatte. Gleichzeitig wurde ihr bewusst, dass sie jetzt jede letzte Hoffnung, Carolyn noch lebend zu finden, aufgeben musste.

Andere schienen wohl auch an der unwahrscheinlichen Möglichkeit festgehalten zu haben.

»Oh Gott, sie ist wirklich tot?«, hörte sie Eve hinter sich schluchzen. In einem Schritt war Kenna bei ihr, bevor die Waliserin zu Boden ging.

»Ich hab einfach nicht … ich wollte nicht glauben …« Eve brachte keine richtigen Sätze zustande.

Kenna versuchte sie zu trösten, fühlte sich aber recht unbeholfen dabei.

»Können wir Aileen hier raus bringen?«, fragte Andie.

»Gleich. Ich glaube, dass Jessica geflüchtet ist, aber man weiß ja nie. Mir wäre es lieber, wir bleiben zusammen. Und ich würde gerne das Instrument finden, mit dem …« Kennas Blick ging zu Eve. Sie räusperte sich. »Ähm, also irgendwo muss vielleicht ein scharfes Werkzeug mit Blut dran liegen. Es wäre beruhigend zu wissen, dass Jessica so etwas nicht mit sich rumträgt.«

»Kenna, hier liegen einige Sachen, die Jessica vermutlich aus der Küche mitgenommen hat«, sagte Penny. »Willst du mal gucken?«

Kenna führte Eve zu Beth, die ganz in der Nähe stand. Die Amerikanerin legte einen Arm um Eve und die schluchzte an ihrer Schulter weiter.

Penny stand um die Ecke in einer Nische. Hier waren einige Kerzen angezündet. Ein altmodisches silbernes Serviertablett mit Haube stand da. Außerdem lagen mehrere kleinere Messer und eine Säge dort. Alle hatten dunkle Flecken, die sich bei näherer Untersuchung sicher als Blut herausstellen würden.

Kenna wurde ein bisschen übel. Wie zutiefst krank musste jemand sein, der den Arm und Kopf einer Freundin absägte, nachdem er sie erschlagen hatte? Schlimmer noch war die Vorstellung, mit welchem Eifer und mit welcher Entschlossenheit Jessica das gemacht hatte. Denn Kenna kam nicht darüber hinweg, wie schnell das alles vonstattengegangen sein musste.

»Sie hatte gar nicht so viel Zeit dafür«, sprach sie ihre Gedanken laut aus. »Sie war offensichtlich gestern Morgen eine Weile weg, aber trotzdem fände ich es schon … sportlich, dass sie Carolyn in der Zeit getötet und ihr den Arm abgetrennt hat. Aber auch noch der Kopf? Das ist gar nicht so einfach … auch mit einer solchen Säge nicht.«

»Und das Blut«, meinte Penny. »Sie muss doch

Blut an der Kleidung gehabt haben. So was wäre doch nicht zu übersehen gewesen. Ganz zu schweigen von dem Geruch.«

»Nicht unbedingt, bei den niedrigen Temperaturen. Und sie hätte etwaige Blutflecke unter dem langen Mantel verstecken können. Sie kann sich auf der Toilette umgezogen haben. Vielleicht findet die Polizei Jessicas abgelegte Kleidung irgendwo im Schnee in der Nähe des Bads.«

»Ja, aber du hast recht, dass sie das alles unheimlich schnell und effizient gemacht haben muss. Ist es möglich, dass sie uns irgendwie entwischt ist? Dass sie nach gestern Morgen noch mal hier war?«, wunderte sich auch Penny.

»Das kann gar nicht sein – höchstens in der Nacht, vor Eves Schrei. Das hätte doch jemand in eurem Cottage merken müssen, oder?«

Penny wiegte den Kopf hin und her. »Jem und ich hatten auch noch die Birdie-Situation. Und Eve ist …« Penny schaute zu der schluchzenden Waliserin und senkte die Stimme. »… ein bisschen selbstbezogen. Nicht so aufmerksam, was andere angeht. Jessica hatte eines der oberen Etagenbetten, wo man nicht gleich sieht, ob ein Mensch unter der Decke liegt. Es ist möglich.«

»Aber was hat sie hier gemacht? Mit dem Kopf?«, fragte sich Kenna. Dabei starrte sie das silberne Serviertablett an. Sie hatten noch nicht unter die Haube geschaut.

Kenna ahnte, was sie darunter finden würde. Ihre Hand zitterte und die Haare im Nacken stellten sich auf. Adrenalin raste durch ihre Venen, elektrisierte sie von Kopf bis Fuß, um ihr unmissverständlich klar zu machen, dass sie besser daran täte, zu fliehen.

Obwohl sich alles in ihr dagegen sträubte, berührte Kenna den Haubendeckel. Die Kälte des Metalls war selbst durch die Handschuhe zu spüren. Sie holte tief Luft und riss die Haube hoch.

Ein Schrei erstickte in Kennas Kehle.

Auf dem Serviertablett lag, angerichtet mit diversen Kräutern, Carolyns Kopf. Die Kiefer waren weit gespreizt worden und ein Apfel zwischen die Zähne gerammt.

Wie ein Spanferkel-Kopf, kam Kenna der Gedanke, und sie hatte das Gefühl, sich gleich übergeben zu müssen. Der Geruch des verbrannten Arms stieg ihr wieder in die Nase.

Penny neben ihr hatte eine ähnliche Assoziation. »Der Jul-Eber. Ein Kultmahl zur Wintersonnenwende.«

Kenna knallte die Haube wieder auf das Tablett.

»Die Polizei kommt gleich. Die kann hier alles untersuchen. Lasst uns im Café auf sie warten. Verschwinden wir von hier.«

EINUNDZWANZIG

Im Café saß Aileen eingewickelt in Decken und umklammerte eine Tasse mit dampfendem Tee. Ihre Zähne schlugen immer noch laut aufeinander und ihre langen schwarzen Haare hingen ihr wirr ins Gesicht.

Es dauerte eine Weile, bis die junge Hexe aus St. Andrews sprechen konnte.

Kenna merkte, dass die anderen ungeduldig waren, und auch sie war nahe dran, Aileen zu schütteln und sie zu fragen: »Wo ist Jessica?«

Aber sie ermahnte sich zur Geduld.

Endlich war Aileen so weit, zu erzählen, was passiert war.

»Ich hatte den Zettel auf der Dose mit den Minced Pies gesehen, den Beth einfach ignoriert hat. Darauf stand Pendle-Zirkel. Am Tisch, nachdem Beth sich verschluckt hatte, galt meine Aufmerksamkeit gleich Jessica. Als sie so tat, als hätte sie damit nichts zu tun, war mir klar, dass sie die Mörderin sein musste. Ich habe versucht, mir nichts anmerken zu lassen, aber anscheinend war ich damit nicht erfolgreich. Spätestens als ich zum Vorratsraum bin und gesagt habe, ich will unbedingt mit dir sprechen, Kenna, muss Jessica gewusst haben, dass ich ihr auf der Spur bin. Ich habe im Vorratsraum gewartet, worum du mich gebeten hattest. Als du nach einer Weile nicht wiederkamst, wollte ich raus, aber da bemerkte ich auf einmal, dass die Tür nicht aufging. Jessica muss sie verriegelt haben. Ich bekam Panik. Ich habe laut gerufen, aber durch die dicke Tür habt ihr mich wahrscheinlich nicht gehört – und ihr wart ja auch alle aufgeregt und beschäftigt. Gerade als ich mir überlegt habe, ganz laut zu schreien, ging die Tür plötzlich doch wieder auf. Ich war total verdutzt, aber so erleichtert, dass ich gar nicht groß nachgedacht habe. Ich wollte nur schnell ins Café, zu euch, um zu berichten, was ich wusste. Doch so weit kam ich nicht. Ich spürte einen starken Schmerz am Hinterkopf und verlor das Bewusstsein.«

Ungläubig schüttelte Penny den Kopf. »Wie hat sie dich aus dem Gebäude gebracht? Wir waren alle in der Küche und im Restaurant, sie hätte ja an uns vorbei gemusst, um aus der Tür zu gehen.«

Andie sprang auf. »Das Badezimmerfenster! Ich hatte mich gewundert, weil die Vorhänge so komisch zur Seite gezogen worden waren. Außerdem hatten vorher ein paar Sachen auf dem Fenstersims gestanden. Eine Pflanze, eine Duftlampe oder so was. Der Kram stand auf einmal auf dem Boden. Ich fand das natürlich seltsam, aber ich hab in dem ganzen Tohuwabohu nicht weiter drüber nachgedacht.«

Das Badezimmerfenster war klein, aber Aileen war sehr schmal, dachte sich Kenna. »Wenn sie dich durch das Fenster geschoben hat, dann hast du bestimmt einige blaue Flecken und Schrammen. Und die Beule an deiner Stirn könnte auch davon kommen.« Aileens Hand ging zu ihrer Stirn, so als würde sie die Schwellung jetzt erst spüren.

»Jessica selbst hätte nicht durch das Fenster gepasst«, bemerkte Beth.

»Ja, sie muss einfach an uns vorbei durch die Tür herausgelaufen sein«, wunderte sich auch Jem. »Sie war ganz schön dreist. Und raffiniert.«

»Als ich wieder zu mir kam, da lag ich in dieser dunklen Ruine«, erzählte Aileen weiter. »Überall flackerten Kerzen. Ich wusste erst gar nicht, wo ich war. Ich dachte, ich hätte einen Albtraum.«

Aileen zitterte und trank noch einen Schluck Tee. »Ich begann zu hoffen, dass alles vielleicht nur ein böses Hirngespinst gewesen war, die ganze Geschichte. Kennt ihr das Gefühl? Wenn alles so surreal, so unwirklich ist, dass man denkt …« Sie schloss die Augen. Als sie sie wieder aufmachte, fuhr sie mit festerer Stimme fort: »Aber als ich Jessicas Stimme hörte, da wusste ich, es war kein Traum, sondern die schreckliche Realität. Sie war ganz ruhig, verhielt sich, als sei alles völlig normal.«

Aileen erschauderte, als würde sie der Gedanke an Jessicas Verhalten noch immer verstören.

»Sie hat im Plauderton erzählt, dass es nur eine Frage der Zeit sei, bis auch ihr ihr auf die Schliche kommt, und dass sie endlich verschwinden müsste. Sie hatte es sowieso schon längst vorgehabt, aber der

Schnee machte ihr einen Strich durch die Rechnung, und jetzt musste sie eben kreativ werden. Ich konnte nichts sagen, weil sie mich ja geknebelt hatte, aber als sie mir die Sachen auszog, da habe ich mich zumindest gewehrt. Sie hat sich entschuldigt und gesagt, ich hätte einfach eine bessere Ausrüstung als sie. Sie dachte, ich wehre mich gegen das Ausziehen!«, rief Aileen ungläubig.

»Nachdem sie fertig war, versuchte ich immer noch zu reden, und erst dann hat sie angefangen, ihre Taten zu verteidigen. Jessica hat behauptet, dass es Carolyns eigene Schuld gewesen war. Sie wollte sie gar nicht unbedingt töten, nur wäre ihr keine andere Wahl geblieben. Carolyn hätte ihr einfach helfen können, hätte ihr Informationen geben können, die sie brauchte. Dann hätte sie das Ritual auch mit einer noch lebenden Carolyn durchziehen können.« Aileens Augen verdunkelten sich, als sie wohl daran dachte, was Jessica getan hatte. »›Es ist nicht meine Schuld, es ist ihre eigene Schuld.‹ Das hat sie die ganze Zeit gesagt.«

»Wenn sie es selber glaubt«, meinte Penny verächtlich. »Was sie alles mit Carolyn gemacht hat … wie sollte man spontan auf so etwas kommen? Nein, das hat sie geplant, keine Frage. Und wie hätte Carolyn noch weiterleben sollen, mit abgehacktem Arm und abgetrenntem Kopf?«

»Ja, man kann sagen, dass es ein Segen für die Arme war, vorher von Jessica erschlagen worden zu sein«, fügte Andie traurig hinzu.

Kenna dachte nach. »Bestimmt hatte sie einfach nicht geplant, Carolyn gleich zu töten, und so hat sie sich das für sich selber zusammengereimt. Wenn sie Informationen wollte, dann hätte sie Carolyn wahrscheinlich deshalb foltern wollen. Also kann ich dir nur beipflichten, Andie.«

Alle schwiegen mit betrübten Mienen und gedachten wahrscheinlich, so wie Kenna, der armen Carolyn. Die Stille wurde auf einmal vom schrillen Klingeln des Telefons unterbrochen.

Kenna zuckte zusammen. Jem befand sich am nächsten dran und nahm das Gespräch an. Alle schauten sie gespannt an und Kenna hatte schon das Café durchquert, als Jem ihr den Hörer hinstreckte.

»Es ist Cerys Adams.«

Die ehemalige Oberhexe des walisischen Zirkels entschuldigte sich, dass sie noch nicht früher dazu gekommen war, sich zu melden. »Declan Reid hat mich angerufen. Aber ich musste mich erst noch um etwas anderes kümmern. Sie haben eine Leiche gefunden. Sie ist südlich von Sutherland am Strand angespült worden. Es ist ziemlich sicher, dass es Paula ist.«

»Oh nein, das tut mir echt leid.« Sie hatten keine Spur von Paula entdeckt, deshalb hatte Kenna keine große Hoffnung gehegt, dass die Waliserin noch am Leben war. Trotzdem war es immer wie ein Schlag in die Magenkuhle, wenn man seine schlimmsten Befürchtungen bestätigt bekam.

Kenna und Cerys sprachen eine Weile miteinander, und die walisische Oberhexe erklärte unter anderem, dass sie eine Nachricht von einer Hexe aus dem Pendle-Zirkel erhalten hatte. Sie war anonym und eher kryptisch gewesen. Daraufhin hatte sie Paula angerufen. Cerys hatte sich nicht so viel dabei gedacht, als sie trotz der vielen Versuche keine der Frauen auf Cape Wrath mehr an die Strippe bekommen hatte. Es war allgemein bekannt gewesen, dass die Verbindung dort oben sehr schlecht war. Auch über die tote Leitung infolge des Schneesturms war sie informiert worden. Erst als Birdie sie besucht hatte, war ihr bewusst geworden, wie ernst die Gefahr für die Frauen auf Cape Wrath war. So hatte sie schnell die Absenderin der Nachricht ausfindig gemacht. Es war eine Freundin von Jessica, die die blonde Verräterin zur Komplizin hatte machen wollen. Doch die junge Frau hatte Skrupel bekommen, auch wenn sie über Jessicas genaue Pläne gar nicht richtig Bescheid wusste. Sie war sich bloß sicher gewesen, dass ihre Freundin es auf Carolyn abgesehen hatte. Als sie erfuhr, dass Jessica mit nach Cape Wrath gekommen war, wollte sie jemanden warnen und hatte deshalb Cerys benachrichtigt. Um nicht selber in Teufels Küche zu kommen, hatte sie die Nachricht anonym abgegeben. Cerys hatte gerade die Polizei informieren wollen, da hatte sie den Anruf von Declan Reid bekommen, der sie über die Geschehnisse auf Cape Wrath informierte.

Als Cerys sie bat, mit Eve reden zu dürfen, gab Kenna den Hörer weiter.

In dem Moment hörte sie von draußen ein lautes Geräusch.

Kenna machte die Tür auf, trat einen Schritt ins Freie und schaute zum Himmel.

Der Hubschrauber.

Endlich kam Hilfe.

ZWEIUNDZWANZIG

»KYLE« BEDEUTET WASSERSTRAßE. NORMALERWEISE glich der Kyle of Durness tatsächlich einer sich windenden Straße, die sich ganz sanft zwischen die Hügel der nördlichen Highlands schmiegte und damit die Halbinsel mit dem Cape Wrath vom Festland trennte.

Doch jetzt war das Wasser des Meeresarms sehr aufgewühlt. Bei der stürmischen Überfahrt wurde Kenna so richtig durchgeschüttelt. Der kalte Wind und die nasse Luft ließen sie trotz ihrer Winterkleidung vor Kälte zittern.

Den anderen im Boot schien es nicht besser zu gehen, denn alle waren sehr still und in sich gekehrt. Dabei kämpften die Hexen wohl genauso gegen Übelkeit und Kälte wie auch mit den Erinnerungen an das auf Cape Wrath Erlebte.

Vielleicht konnten sie, wie Kenna, kaum glauben, dass jetzt alles vorbei war. Dass sie diesen Ort endlich verlassen durften. Kenna war sich sicher, dass keine von ihnen jemals zurückkehren würde.

Die Erleichterung war sehr groß gewesen, als endlich der Hubschrauber mit den Ermittlern gelandet und dann der Minibus mit noch mehr Polizisten auf dem Landweg gekommen war.

Kenna war klar, dass sie nicht gleich abreisen durften und hatte das auch jenen gesagt, die schon ihr Gepäck aus den Cottages holen wollten. »Lasst alles liegen. Die Polizei wird alles durchsuchen wollen. Besser, wir rühren gerade nichts weiter an. Bestimmt wollen sie uns auch erst befragen. Wir können uns sicher auf eine längere Warterei einstellen.«

Eve brach in Tränen aus. »Ich will hier weg. Ich halte es nicht mehr aus«, schrie sie hysterisch. Auch ein paar der anderen sahen so aus, als ob sie gleich weinen müssten.

Wie Kenna befürchtet hatte, sperrte man sie zunächst für eine ganze Weile im Café ein, ohne groß mit ihnen zu sprechen. Sie wussten nicht, was vor sich ging.

Kenna verstand, dass die Ermittler sich erst einmal ein Bild der Lage verschaffen mussten. Das Sichern der restlichen Spuren und die Suche nach der vermeintlichen Mörderin hatte Priorität. Und sie alle waren bis auf Weiteres Verdächtige. Dennoch fand auch sie die Warterei unerträglich. Immer wieder stand sie auf, um den Polizisten, der draußen vor der Tür postiert worden war, zu fragen, ob es Neues gab.

Von dem Essen, das Penny und Andie zubereitet hatten, brachte sie kaum etwas runter.

Immer wieder beruhigte sie die anderen, die völlig

am Ende waren, dass alles gut werden würde und dass sie keine Angst haben mussten. »Wir sind nicht mehr allein. Jessica kann uns nichts mehr antun.« Bei ihren Gesprächen mit dem Wächter vor der Tür hatte sie gesehen, dass das Gelände mittlerweile vor Polizisten nur so wimmelte. Jessica würde nicht in ihre Nähe gelangen können.

Nach stundenlanger Warterei fing Kenna allerdings an, sich zu wünschen, Jessica wäre so dumm, es zu versuchen. Dann hätten die Beamten sie endlich und würden wissen, dass die Geschichte der anderen stimmte.

Die Freude war riesengroß, als Kennas Chef Declan Reid ins Café kam.

»Mensch, was macht ihr denn wieder für Sachen?«, war sein erster Kommentar, als seine große Schwester Penny ihm um den Hals fiel. Eigentlich entsprach das ja so gar nicht ihrer Art, aber sogar die selbstbewusste, sonst recht unerschütterliche Kräuterhexe war mittlerweile fertig mit den Nerven.

»Ich habe gute Nachrichten für euch«, erzählte Kennas Chef und Penny ließ ihn los. »Sie haben Jessica geschnappt.«

Die Erleichterung im Café war spürbar.

Beth fing sogar an zu weinen und Aileen sank regelrecht in sich zusammen.

»Sie ist zu Fuß Richtung Süden unterwegs gewesen«, berichtete Declan. »Ihr habt ja gesagt, sie hatte Aileens Wanderausrüstung dabei, aber weit gekommen ist sie trotzdem nicht.«

»Heißt das, wir können endlich weg hier?«, jammerte Eve.

Declans Miene verdüsterte sich. »Leider nicht. Jessica streitet alles ab. Sie sagt, sie ist aus Angst geflüchtet, weil sie nicht wusste, wem sie trauen kann. Eine von euch müsse die Mörderin sein.«

Jem stöhnte. »Das kann ja wohl nicht wahr sein.«

»Macht euch nicht allzu große Sorgen. Die Spurensicherung hat sich um das Lloyds-Gebäude, in dem Carolyns Leiche zerlegt wurde und in dem Aileen gefangen genommen wurde, gekümmert. Bestimmt gibt es Fingerabdrücke, DNA und so weiter, sodass bewiesen werden kann, dass Jessica die Täterin war.«

Kenna hoffte, dass Declan recht hatte. Immerhin war Jessica aufgrund des Wetters ziemlich gut einge-mummelt und daher auch vor Spurenmaterial geschützt gewesen. Sicherlich hatte sie auch Hand-schuhe getragen.

Die Hexen hatten noch andere Befürchtungen. »Oh Gott, Declan, wenn es ein öffentliches, Aufsehen erregendes Gerichtsverfahren gibt und die Magier der Allianz mitbekommen, was hier vorgefallen ist …«, sagte Andie.

»Hoffen wir einfach, die Aufmerksamkeit beschränkt sich auf den Pendle-Zirkel«, versuchte Jem alle zu beruhigen. »Carolyn war immerhin Jessicas Oberhexe …«

»Ja, aber …«, wollte Beth einwenden, bevor Declan sie unterbrach.

»Was mit Jessica und dem Gerichtsverfahren passiert, das könnt ihr nicht beeinflussen. Macht euch nicht verrückt deswegen. Viel wichtiger ist, dass die Geschichte stimmt, die ihr gleich den beiden ermit-telnden Beamten erzählt.«

Kenna nickte. »Kommt, gehen wir das noch mal durch …«

Kurz darauf waren sie alle tatsächlich noch vor Ort einzeln von den Ermittlern befragt worden.

Declan hatte sich sehr dafür eingesetzt, dass sie nicht noch eine Nacht am Tatort verbringen mussten.

Jetzt hatten sie es gerade noch vor Dunkelheit nach Keoldale geschafft. Ihre am Pier geparkten Autos würden sie allerdings stehen lassen müssen.

Keine von ihnen wäre in der Lage gewesen, die sechs Stunden Fahrt nach Tarbet zu meistern – und das auch noch im Dunkeln.

Die hiesige Polizei hatte eine Unterkunft für sie organisiert.

Die für Nord-, West- und Zentral-Sutherland zuständige Polizeistation befand sich in Rhiconich, etwa eine halbe Stunde südlich von Keoldale gelegen. Obwohl die von diesem Dezernat abgedeckte Gegend relativ groß war – über 2300 Quadratkilometer – wohnten dort nur etwas über 1000 Einwohner. Entsprechend niedrig war die Kriminalitätsrate. Für einen Mordfall mit mehreren Verdächtigen war Rhiconich nicht eingerichtet. Die Polizeistation hatte nur eine Zelle.

Kenna und die anderen waren deshalb in einem Gasthaus in der Nähe untergebracht worden. Sie sollten morgen noch einmal im Polizeidezernat verhört werden, aber Kenna war angesichts ihrer Unterbringung recht zuversichtlich. Ob Declan ein gutes Wort eingelegt hatte oder sie schon belastende Beweise gegen Jessica gefunden hatten, wusste sie nicht. Doch die Ermittler schienen ihrer Geschichte Glauben zu schenken.

Völlig erschöpft ließ sich Kenna in der Nacht ins Bett des Gasthauszimmers fallen. Sie hatte lange heiß geduscht und wollte nun nichts lieber, als sich in den blumig duftenden, frisch gewaschenen Laken zu vergraben und selig zu schlafen.

Aber sie stand doch noch einmal auf, denn sie hatte etwas vergessen.

Aus der Gesäßtasche ihrer Jeans fischte sie das Tütchen mit dem Armband.

Der Polizei hatten sie nichts davon erzählt.

Kenna setzte sich auf die Bettkante, um die Kette und den Anhänger im Schein der Nachttischlampe besser betrachten zu können. Wie sie den Anhänger auch drehte und wendete, er sah einfach aus wie eine goldene Pfundmünze ohne jegliche Prägung.

Doch irgendetwas sagte ihr ganz deutlich, dass der Anhänger nicht so unscheinbar war, wie er wirkte.

Sie würde schon noch herausfinden, was es damit auf sich hatte.

Aber nicht jetzt.

Kurz entschlossen schob sich Kenna das Armband über das Handgelenk.

Jetzt musste sie schlafen.

DREIUNDZWANZIG

23

Kenna stieg vorsichtig die vereisten Stufen hinauf, die zur Eingangstür des ehemaligen B&Bs *Thistle Inn* führten.

Sie wusste nicht, ob sie das Richtige tat, aber direkt zu der ehemaligen Oberhexe des Tarbeter Zirkels zu gehen, schien ihr das Beste.

Fionna konnte dann immer noch entscheiden, ob sie die anderen alle zusammentrommeln wollte. Ein solches Treffen würde allerdings Aufmerksamkeit auf sich ziehen, weshalb sich Kenna nicht dazu entschlossen hatte. Sie glaubte nicht, dass das angesichts der Umstände eine gute Idee war.

Ihr Bauchgefühl sagte ihr, dass es besser wäre, wenn so wenig Leute wie möglich von dieser Sache wussten. Selbst wenn sie glaubte, Jem und den anderen vertrauen zu können: Die letzten Tage hatten gezeigt, wie besonnen und wachsam der organisierte Widerstand gegen die Magier sein musste.

Kenna hoffte bloß, dass Fionna nicht immer noch krank im Bett lag und sie überhaupt empfangen konnte. Sie hatte keine Ahnung, wie schlecht es der ehemaligen Oberhexe ging, aber sie wusste, dass diese nicht mit zu dem Treffen auf Cape Wrath gekommen war, weil sie gesundheitliche Probleme hatte.

Als sie an die Tür des ehemaligen Bed & Breakfasts klopfte, wurde Kenna sich der eigentümlichen Atmosphäre des Hauses am Waldrand von Tarbet gewahr. Sie hatte das schon immer gespürt, wenn sie hierherkam, und wunderte sich angesichts der Geschichte des Gebäudes und seiner ehemaligen Bewohner nicht darüber.

Kenna wusste nicht viel über diesen organisierten Widerstand, dem wohl auch Carolyn angehört hatte. Eigentlich war ihr nur das bekannt, was sie in Cape Wrath aufgeschnappt und was Cerys dazu angedeutet hatte, als sie das letzte Mal mit ihr über ein Wegwerf-Handy telefoniert hatte.

Doch wenn es diesen Widerstand gab, dann mischte Fionna mit, da war sich Kenna sicher. Sie kannte Fionna und glaubte nicht eine Sekunde daran, dass sie sich von den Magiern hatte bezwingen lassen. Solch eine charakterstarke Frau gab nicht so einfach auf.

Da immer noch niemand aufgemacht hatte, klopfte Kenna erneut, diesmal energischer.

Schließlich ging die Tür einen Spalt auf. Ein roter Haarschopf erschien, aber ganz streckte Fionna den Kopf nicht raus. »Ja?«

»Fionna, ich bin's, Kenna«, sagte die Polizistin.

»Entschuldige, dass ich einfach so vorbeikomme. Bist du noch krank?«

Der Türspalt vergrößerte sich ein wenig. Jetzt erkannte Kenna Fionnas rundliches, sommersprossiges Gesicht.

»Ach, hallo, Kenna. Mir geht es ein kleines bisschen besser. Was kann ich für dich tun?«

»Ähm … kann ich vielleicht reinkommen? Oder hast du etwas Ansteckendes?« Kenna schaute sich nervös um. Der dichte Wald mit den schneebedeckten Baumkronen und Tannen hinter dem Haus schien idyllisch, aber nachdem, was sie gerade an Cape Wrath erlebt hatten, wollte Kenna kein Risiko eingehen. Der Feind konnte sich anscheinend überall verstecken.

»Ich habe etwas Wichtiges mit dir zu besprechen.«

Fionna zögerte. »Ich nehme an, es hat etwas mit Cape Wrath zu tun?«

Kenna nickte.

Die rothaarige Frau seufzte. »Na gut.«

Fionna trat beiseite und machte schnell die Tür zu, nachdem Kenna eingetreten war.

Die Polizistin legte ihren Mantel ab, hängte ihn an der Garderobe im Flur auf und drehte sich zu Fionna um.

»Wollen wir …«

Überrascht brach sie ab. Jetzt wusste sie, warum Fionna nicht mit an den entlegenen Ort zum Julfest gereist war.

»Du bist schwanger!«

Der dicke Bauch war definitiv nicht zu übersehen.

Es konnte nicht mehr lange dauern, bis das Baby geboren wurde. Kenna rechnete schnell nach. Das Baby musste um Beltane herum gezeugt worden sein. Sie wusste, dass Fionna nicht mehr mit ihrem Restaurant-Partner und ehemaligen Freund Drew zusammen war. Damals, vor der Beltane-Feier, waren sie noch ein Paar gewesen. Wahrscheinlich war das Baby seins. Ob die Trennung etwas damit zu tun hatte?

Während Kenna all diese Gedanken durch den Kopf schossen, folgte sie Fionna durch die Küche ins Wohnzimmer. »Sorry, ich empfange sonst Besuch in der Küche, aber ich finde es nur noch bequem in diesem gemütlichen Sessel. Setz dich doch.« Fionna zeigte auf eines der anderen Polstermöbel, die um den Kamin herum arrangiert worden waren.

»Was kann ich dir denn zu trinken anbieten?«

»Em, einen Tee, wenn es nicht zu viel Umstände macht?«, antwortete Kenna.

»Kein Problem.«

Fionna watschelte – leider konnte man es nicht anders nennen – aus dem Zimmer.

Kenna sah sich um. Das Feuer loderte knisternd im Kamin. Es würde noch eine Weile dauern, bis ihr beim Anblick von offenen Flammen nicht ein kalter Schauder über den Rücken lief. Der Anblick der brennenden Hand hatte sich tief in ihr Bewusstsein gegraben. In der vergangenen Nacht war sie mehrmals aufgeschreckt, weil sie Albträume davon gehabt hatte.

Wäre ihr persönliches Trauma mit dem Feuer nicht gewesen, hätte das Wohnzimmer gemütlich auf sie gewirkt.

Fionna hatte den Kaminsims weihnachtlich mit

Kerzen, Tannenzweigen und einer rot-grünen Girlande geschmückt. Links und rechts davon stapelten sich schön eingepackte Geschenke.

Auf dem Beistelltisch neben dem behaglichen Ohrensessel lag ein Haufen Bücher und Strickzeug. Angefangene Strickarbeiten und Wolle hatten sich auch in einem Korb unter dem Tisch angesammelt.

Als Fionna mit einem Tablett mit Tee und Gebäck wieder ins Wohnzimmer kam, sprang Kenna von ihrem Sessel auf. »Warte, ich helfe dir!« Sie zog schnell einen anderen Beistelltisch in die Mitte zwischen ihre beiden Sessel und nahm Fionna das Tablett ab.

»Danke!« Offensichtlich erschöpft ließ sich Fionna in den Sessel sinken, und Kenna schenkte den Tee ein.

»Milch und Zucker?«

Die ehemalige Tarbeter Oberhexe nickte. »Danke. Du hör mal, ich muss dir das Versprechen abnehmen, dass du niemandem etwas von meiner Schwanger-schaft erzählst. Ich kann dir nicht sagen, wieso, aber das muss streng geheim bleiben, okay?«

Kenna nickte. »Ich verspreche es.« Natürlich war sie neugierig, aber sie nahm nach den Geschehnissen an Beltane und auf Cape Wrath sehr ernst, dass gewisse Dinge, die Magie und Hexerei betrafen, nicht ausgeplaudert werden durften.

Auch wenn sie keine Ahnung hatte, was das mit Fionnas Schwangerschaft zu tun hatte … sie konnte nur annehmen, dass es um Fionnas Sicherheit und die Sicherheit des Kindes ging. Und da würde sie selbst-verständlich kein Risiko eingehen.

»Ich hätte dir gar nicht aufgemacht, wenn ich nicht annehmen würde, dass es um Carolyn geht?« Ein

Schatten fiel über Fionnas Gesicht. Offensichtlich war sie sehr betrübt über den Tod der Oberhexe aus Pendle.

Kenna nickte. Sie stellte ihre Tasse ab und zog ein Tütchen aus der Gesäßtasche ihrer Jeans.

»Carolyn hat dieses Armband umgehabt. Jessica hatte es ihr abgenommen und in einen Minced Pie eingebacken. Ich glaube, dass es unter anderem darum ging, das Armband unbemerkt von Cape Wrath wegzuschmuggeln. Sie muss damit gerechnet haben, dass ihre Sachen entweder von uns oder später von der Polizei durchsucht werden. Sie konnte ja auch nicht ahnen, dass wir eingeschneit werden würden und dass wir mit ganz anderen Sachen zu kämpfen hatten. Ich war gar nicht darauf gekommen, die persönlichen Sachen der anderen zu durchsuchen. Aber wie gesagt, ich glaube, Jessica befand das als eine clevere Maßnahme, um das Armband nach Hause zu bringen. Der Minced Pie war in einer Dose, auf dem ein Zettel mit der Aufschrift ›Pendle Zirkel‹ klebte. Es sollte wohl so aussehen, als wollte Jessica ihren Schwestern im Bunde diese Minced Pies mitbringen. Aber ich habe das Küchlein, in das Beth reingebissen hatte und in dem das Armband versteckt war, näher untersucht. Darauf war keine Sternverzierung gewesen, wie auf den anderen, sondern der Buchstabe J. ›J‹ für Jessica.«

Fionna hörte ihr geduldig zu, aber ihr Blick löste sich nicht von dem Armband in Kennas Hand.

»Ich glaube, die Zeremonie war wichtig für Jessica. Es ging darum, sich Carolyns Macht irgendwie anzu-eignen, wenn du mich fragst. Aber das Armband, das war auch wichtig. Ich hatte im Gefühl, dass es nicht einfach ein Schmuckstück war, sondern noch eine andere Bedeutung hatte. Deshalb habe ich es nicht der Polizei gegeben, sondern bei mir behalten.«

Fionna nickte langsam. »Und?«

»Ich hatte recht. Der Anhänger ist mehr als nur eine kleine goldene Scheibe. Schau mal.«

VIERUNDZWANZIG

KENNA DRÜCKTE UND ZOG AN DEM KLEINEN, münzenförmigen Anhänger, bis sie den Mechanismus richtig manipuliert hatte. Die kleine, runde Scheibe schob sich in der Mitte auseinander, sodass ein Spalt entstand. Jetzt konnte Kenna die beiden Hälften auseinanderziehen. Die aufgeklappten Halbkreise waren nicht vollständig aus Gold. Jeweils außen hatten sie eine schwarz gefärbte Stelle, sodass die goldenen Stellen wie Sicheln wirkten.

Anschließend schob Kenna den Spalt in der Mitte wieder zu.

Der Anhänger ähnelte nun dem Symbol der dreifachen Göttin mit dem zunehmenden Halbmond, dem Vollmond in der Mitte und dem abnehmenden Halbmond auf der anderen Seite.

In die jetzt offen liegende Vollmondplatte war etwas eingraviert worden.

Fionna beugte sich vor, um es besser erkennen zu können.

»Es sind Koordinaten«, erklärte Kenna.

Fionna nickte.

»Ja, ich nehme an, Jessica war hinter diesem Objekt her. Glaubst du, sie hat es öffnen können? Hat sie die Koordinaten gesehen?«

»Schwer zu sagen. Wenn sie wusste, wie man den Anhänger öffnet, vielleicht schon. Aber vielleicht auch nicht. Wir müssen bedenken, dass sie nicht besonders viel Zeit hatte. Sie hat Carolyn in der Ruine der Signalstation erschlagen, dann in das Lloyds-Gebäude gebracht. Sie muss ihr da schon den Arm und den Kopf abgetrennt haben sowie die Gliedmaßen und den Körper aufgeschlitzt. Ich gehe davon aus, dass sie sich umgezogen haben muss. Sie war aber gar nicht so lange weg, an dem Morgen, an dem Andie und ich nach Handy-Empfang gesucht haben. Ich kann mir nicht vorstellen, dass sie in der Zeit das Puzzle dieses Anhängers gelöst hat.«

»Wie bist *du* denn draufgekommen?«, fragte Fionna

»Seit ich gestern nach Hause gekommen bin, habe ich geknobelt, was an dem Anhänger dran sein könnte«, gab Kenna zu. »Und dann habe ich im Internet nachgeschaut. Natürlich habe ich nicht genau diesen Anhänger gefunden – ich nehme an, er ist eine Spezialanfertigung. Aber so ähnliche. Und so bin ich darauf gekommen, dass Anhänger geheime Fächer haben können und wie man solche aufmachen kann.«

»Dann können wir nur hoffen, dass Jessica ihn nicht geöffnet und sich die Koordinaten gemerkt hat«, meinte Fionna stirnrunzelnd. »Ich denke, jetzt an diesen Ort zu gehen und das, was dort aufbewahrt wird, woanders hinzubringen, ist zu riskant. Ich würde es lieber dort lassen.«

»Kannst du mir sagen, was an diesem Ort aufbewahrt wird?« Kenna hatte natürlich nachgeschaut – die Koordinaten führten zu einem Ort in Lancashire. Laut dem Satellitenbild auf Google Maps war da nichts – nichts außer Moorlandschaft.

Fionna sah sie für eine Weile an. Kenna gab ihr die Zeit, die sie brauchte, um sich zu entscheiden, ob sie ihr die Informationen geben wollte.

»Carolyn war die Hüterin unseres Widerstands. Nur sie wusste, wo sich die versteckten Hexen, die noch Magie haben, aufhalten. Sie wusste, wo die Hexenverfolger noch keinen Erfolg gehabt hatten.«

Kennas Hand ging zu ihrem Mund. »Wenn die falschen Leute dieses Wissen in ihre Hände bekommen … dann ist es ganz und gar aus mit euch Hexen.«

Fionna nickte ernst. »Genau. Wie du sicher nach-vollziehen kannst, fanden wir, dass so wenige von uns wie möglich diese Informationen haben sollten. Aber gesammelt und bewahrt werden mussten sie auch, damit jemand Bescheid wusste. Wir bestimmten deshalb, dass Carolyn die Hüterin wird.«

»Kann es sein, dass sie Jessica davon erzählt hat?«, dachte Kenna laut nach.

»Ich glaube nicht, dass sie ins Detail gegangen ist, aber wenn Jessica sich Carolyns Vertrauen erschlichen hat, dann kann es natürlich sein, dass Carolyn glaubte, eine Verbündete gefunden zu haben. Vielleicht hat sie Andeutungen gemacht. Oder Jessica hat auf andere

Art und Weise herausgefunden, dass das Armband wichtige Hinweise birgt«, riet Fionna.

»Weißt du ...« Die rothaarige Hexe seufzte. Möglicherweise lag es daran, wie der Schein des Kaminfeuers auf ihr Gesicht fiel, aber Kenna bemerkte auf einmal, wie abgespannt und müde Fionna aussah. »... es ist schwierig, zu erkennen, wem man vertrauen kann. Wenn unsere Widerstandsbewegung wachsen soll – und das muss sie, damit sie einmal erfolgreich sein wird – dann müssen wir nach und nach andere einweihen. Damit machen wir uns angreifbar.« Fionna zuckte hilflos mit den Schultern.

»Wenigstens scheint Jessica allein gehandelt zu haben. Es ging ihr wohl eher darum, die Rolle der Oberhexe in Pendle für sich in Anspruch zu nehmen. Ich könnte es ihrem Verteidiger nicht verübeln, wenn seine Strategie sein wird, sie als psychisch krank und deshalb unzurechnungsfähig hinzustellen. Da wird sicher auch was dran sein. Aber was sie mit Carolyns Leiche gemacht hat, hatte definitiv Ritualcharakter. Sie wollte sicher damit etwas Bestimmtes bezwecken und hat das alles vorher ganz genau geplant.«

Fionna nickte. »Sie hat sich die an der Wintersonnenwende freigesetzten Energien zunutze machen wollen und Julbräuche abgewandelt, um sich Carolyns Magie und Machtstellung anzueignen. Der Kopf auf der Schlachtplatte zum Beispiel.«

»Ist das einfach eine Opfergabe, oder ...?« Kenna runzelte die Stirn. »Es gibt doch die alte heidnische Tradition mit dem Wildschweinkopf auf der Platte. Penny hat etwas von einem Jul-Eber gesagt.«

»Genau, das denke ich auch. Ein altes Opferritual.

Das Schwein wurde von den Kelten als Geschenk der Anderswelt betrachtet und in der nordischen Mythologie ist es ein Geschenk des Gottes Frey.«

»Na, und der Arm war wohl so eine Art perverser Julklotz-Ersatz.« Kenna erschauderte, als sie wieder an den Anblick dachte. »Ich bin gespannt, was es mit den Minced Pies auf sich hat. Ich habe sie meinem Chef gegeben und er will den Inhalt untersuchen lassen. Vielleicht diente das Gebäck tatsächlich lediglich als cleveres Versteck für das Armband. Aber wenn die Minced Pies wirklich für den Pendle-Zirkel bestimmt waren, dann …« Kenna wollte gar nicht aussprechen, was sie sich vorstellte.

Fionna war weniger zimperlich. »Bestimmt findet man etwas in den Pies. Ich tippe auf Blut. Das wäre ja nicht so schwierig gewesen. Nachdem Jessica Carolyn totgeschlagen hatte, musste sie einfach etwas Blut auffangen und abfüllen. Bei der Herstellung der Minced-Pie-Füllung hat sie etwas davon dazugegeben. Es muss gar nicht viel gewesen sein und das hätte sie leicht machen können, als Eve mal nicht hingesehen hat.«

Kenna schüttelte sich beim Gedanken daran, dass Carolyns Schwestern im Bunde beinahe das Blut ihrer ehemaligen Oberhexe gegessen hätten … die arme Beth hatte etwas davon zu sich genommen! Gott sei Dank nicht viel, weil sie nur einen Bissen heruntergeschluckt und fast alles wieder hochgewürgt hatte.

Die Polizistin legte das gerade angebissene Plätzchen wieder hin, das eben noch sehr lecker geschmeckt hatte.

»Und das Ganze hätte wahrscheinlich auch noch

geklappt«, meinte Kenna. »Schließlich scheinen Andie und Beth beide ihre Gabe zumindest teilweise wieder zurückerhalten zu haben. Was Jem und Penny angeht, wissen wir noch nichts. Es hat sich jedenfalls noch nichts gezeigt. Da habt ihr doch bestimmt große Hoffnung, oder?«

Fionna wiegte den Kopf hin und her. »Natürlich werden wir so etwas weiter versuchen. Das nächste Beltane-Fest wäre wieder eine Gelegenheit. Aber bedenke, dass bei diesem Ritual mit einem echten Blutopfer nachgeholfen wurde. Menschenopfer zu bringen, um unsere Gaben zurückzubekommen? Dazu sind wir natürlich nicht bereit. Und wir werden uns hüten, diese Ideen anderen, vielleicht skrupelloseren Hexen zu geben. Sonst wird sich so etwas wie mit Jessica bestimmt wiederholen.«

»Klar. Strengste Geheimhaltung, ich verstehe.«

»Aber ja, wenigstens etwas Gutes ist bei der Sache rausgekommen. Und wie du schon gesagt hast, hat Jessica offensichtlich allein gehandelt. Sie wollte sicher Carolyns Hüterinnen-Geheimnis aufdecken, um etwas in der Hand zu haben, wenn sie sich mit den Magiern verbündete. Ich bin davon überzeugt, das hatte sie mit diesen Informationen vor. Aber wenn sie es vorher abgesprochen hätte, wenn die Magier davon gewusst hätten, dann…«

»Dann wären wir nicht von Cape Wrath zurückgekehrt«, beendete Kenna den Satz düster.

Eine Weile starrten die beiden Frauen ins Feuer, dann stand Kenna auf. »Ich will dich nicht länger aufhalten und deine Weihnachtspläne durcheinanderbringen.«

Fionna winkte ab. »Du unterbricht nichts. Es gibt dieses Jahr niemanden, mit dem ich feiere. Du weißt ja, wie das Verhältnis mit meiner Mutter ist. Andere Verwandte habe ich nicht. Und alle anderen, Drew, Jem, Andie und so weiter, die feiern mit ihren Familien. Bestimmt hätte mich jemand eingeladen, nur kann ich ja das Haus nicht verlassen.« Als sie Kennas mitleidiges Gesicht sah, meinte sie schnell: »Das ist schon okay.«

Kenna überlegte einen Moment, dann sagte sie. »Ich bin auch allein. Wenn du möchtest, können wir ja zusammen feiern.«

Fionnas Augen leuchteten ein bisschen auf. »Ja, warum nicht? Aber für ein Weihnachtsessen habe ich nicht groß was da. Ich kann ja sowieso nicht ewig in der Küche stehen …«

»Aber ich. Ich komme morgen früh und bringe alles mit. Zumindest werde ich versuchen, einen Truthahn aufzutreiben.«

»Okay, toll, da freue ich mich.«

»Ich auch.« Als Fionna sich aus dem Ohrensessel stemmen wollte, sagte Kenna schnell: »Bleib sitzen. Ich weiß ja, wo es rausgeht. Bis morgen!«

»Bis morgen!«

In der Küche kehrte Kenna noch mal um. »Ach, Mensch, jetzt hätte ich beinahe das Armband vergessen. Hier…« Sie streifte das Armband ab, das sie sich vorhin automatisch wieder über das Handgelenk gezogen hatte.

Fionna schüttelte den Kopf. »Bei mir ist es nicht gut aufgehoben. Und jemand Neuen einzuweihen und zur Hüterin zu machen oder es einem der schon bekannten Widerstandssympathisanten zukommen zu lassen, ist zu riskant. Ich finde, du solltest es behalten.«

Kenna starrte die rothaarige Hexe an. »Was willst du damit sagen?«

»Kenna Maxwell, ich mache dich hiermit zur Hüterin der Widerstandsbewegung der Hexenzirkel Großbritanniens.«

Kenna checkte ihr Bauchgefühl. Es fühlte sich richtig an.

So, als ob sie doch irgendwie dazugehörte.

REZEPTE

SCHOTTISCHE MINCED PIES

DIESE MINCED PIES WERDEN DURCH DIE ZUGABE VON Whisky schottisch. Wer sie lieber ohne Alkohol mag, lässt den Whisky einfach weg. Die Füllung muss dann nur 2-3 Minuten einkochen.

Die Füllung wird besonders aromatisch, wenn sie 12-48 Stunden durchzieht. Dazu die Zutaten der Füllung bis auf die Butter und den Whisky vermischen. Am besten lagert man die Mischung dann in einer Schüssel, bedeckt mit einem Musselintuch, an einem kühlen Ort. Die Mischung dann mit Butter und Whisky einkochen wie unten beschrieben.

12 Stück

. . .

Mürbeteig:

- 560 g Mehl
- Prise Salz
- 40 g weißer Zucker
- 220 g Butter
- 80 ml Wasser

Füllung:

- 100 g Butter
- 1 großer Apfel
- 220 g getrocknete Feigen oder Aprikosen
- 80 g Mandeln, gehackt
- 1 Orange (Bio, wegen der Schale)
- 1 TL geriebene Orangenschale
- 140 g brauner Zucker
- 1 TL Zimt
- $\frac{1}{2}$ TL gemahlener Kardamom
- $\frac{1}{2}$ TL gemahlene Muskatnuss
- 120 g Orangeat/Zitronat-Mischung
- 200 g Rosinen (oder Sultaninen)
- 2 EL Whisky

Zusätzlich:

- 2 Eigelbe
- 2 EL Milch
- Puderzucker

• • •

1. Für den Mürbeteig alle Zutaten bis auf das Wasser in eine Schüssel geben und verkneten (Handrührgerät). Wasser nach und nach dazugeben, bis der Teig glatt ist. Mürbeteig im Kühlschrank 30 Minuten ruhen lassen.

2. Apfel reiben und Feigen oder Aprikosen kleinhacken.

3. 100 g Butter in einem Topf zum Schmelzen bringen. O-Saft, brauner Zucker, Whisky und Gewürze dazugeben und umrühren. Kurz aufkochen lassen. Orangeat, Rosinen, gehackte Mandeln, geriebener Apfel und gehackte Feigen/Aprikosen dazugeben. Umrühren und 3-4 Minuten einkochen lassen. Füllung abkühlen lassen – sie sollte dann nicht mehr flüssig sein.

4. Backofen auf 170 Grad vorheizen. Muffinform einfetten. Arbeitsfläche mit Mehl bestäuben. Teig aus dem Kühlschrank nehmen. Ca. 3 mm ausrollen. Mit einem runden Ausstecher 12 Kreise ausstechen. Die Kreise müssen groß genug sein, um Boden und Rand der Muffinform-Mulden zu bedecken. Wer keinen so großen Ausstecher hat, kann auch ein Glas nehmen und damit ausstechen, vielleicht mithilfe eines kleinen scharfen Messers.

5. 12 Sterne ausstechen.

6. Teigkreise vorsichtig in die Muffinform-Mulden legen und andrücken.

7. Füllung auf die Muffinform aufteilen. Auf jeden Pie einen ausgestochenen Stern legen.

8. Eigelb und Milch in einer kleinen Schüssel verrühren. Mit dem Backpinsel die Sterne mit Ei-Milch-Mischung bestreichen.

9. Pies ca. 20 Minuten backen. Die Sterne sollten goldbraun sein. Komplett auskühlen lassen, bevor sie aus der Form genommen werden. Mit Puderzucker bestäuben und servieren.

JULKLOTZ-KUCHEN

ZUTATEN:

Biskuitteig:
100 g Mehl
40 g Kakaopulver
1 TL Backpulver
1 Prise Salz
4 große Eier, getrennt
150 g Zucker
5 EL Sauerrahm
60 g Butter geschmolzen
1 TL Vanilleextrakt

Sahne-Füllung:
300 ml kalte Schlagsahne
86 g Puderzucker

1 TL Vanilleextrakt

230 g Mascarpone

Ganache:

200 g Schokolade, gehackt (mindestens 60% Kakao)

200 g Schlagsahne

ZUBEREITUNG:

1. Ofen auf 180 Grad vorheizen.
2. Backblech so mit Backpapier auslegen, dass an den Rändern Backpapier absteht.
3. Mehl, Kakao, Salz und Backpulver in einer Schüssel vermischen.
4. In einer anderen Schüssel Eigelbe und Zucker verrühren.
5. Trockene Zutaten mit nassen vermischen und gut zusammenrühren.
6. Eiweiß zu Eischnee schlagen.
7. Etwa ein Drittel des Eischnees vorsichtig unter den Teig heben, bis er schön aufgelockert ist. Dann den Rest des Eischnees unterheben.
8. Teig auf das Backblech geben und etwa 10-12 Minuten backen (Zahnstocherprobe.)
9. Kuchen aus dem Ofen nehmen und sofort an den abstehenden Rändern Backpapier vom Blech nehmen.

10. Während der Kuchen noch heiß ist, rolle vorsichtig vom kürzeren Ende her mit Backpapier auf. Dann Kuchenrolle auskühlen lassen.

11. Wenn der Kuchen ausgekühlt ist, Füllung herstellen. Dafür Schlagsahne, Puderzucker und Vanilleextrakt in einer großen Schüssel mit dem Mixer schlagen.

12. Mascarpone dazugeben und weiter schlagen, bis die Mischung ganz steif ist.

13. Vorsichtig den Kuchen ausrollen. Wenn er am Backpapier klebt, vorsichtig mit Messer o.ä. nachhelfen.

14. Mischung gleichmäßig auf dem ausgerollten Teig verteilen und dann ohne das Backpapier wieder aufrollen.

15. Im Kühlschrank mindestens eine Stunde kaltstellen.

16. Für die Ganache Sahne in einem kleinen Topf aufkochen lassen.

17. Sahne über die gehackte Schokolade geben und 3-4 Minuten stehen lassen.

18. Mit Schneebesen durchrühren, bis keine Stücke übrig sind.

19. Auf Zimmertemperatur abkühlen lassen. Dann mit einem Mixer so lange schlagen, bis die Mischung heller und dick genug ist, um sie auf dem Kuchen zu verteilen.

20. Kuchen aus dem Kühlschrank nehmen und mit scharfem Messer vorsichtig ein Stück (ca. 10 cm lang) etwas diagonal abschneiden.

21. Etwas von der Ganache benutzen, um den kleinen Stumpf an der Seite des längeren Baumstumpfens zu befestigen.

22. Die restliche Ganache auf dem Kuchen verteilen. Dann mit einer Gabel für den »Baumstamm-Effekt« Linien darüber ziehen.

23. Leicht mit Puderzucker bestäuben, um einen »verschneiten« Julklotz zu zaubern. Zur Dekoration kann man Tannenzweige und getrocknete Cranberrys verwenden.

SCHOTTISCHER EIERLIKÖR

ZUTATEN:

8 große Eier
30 g feiner Zucker
1 TL Zimt
80 ml Espressokaffee
5 ml Vanilleextrakt
200 ml Schottischer Whisky
300 ml Milch

ZUBEREITUNG:

1. Eier und Zucker in einer Schüssel mit dem Mixer schlagen, bis die Mischung leicht angedickt ist (4-6 Minuten).
2. Restliche Zutaten zufügen und kurz aufschlagen.

3. 1 bis 2 Stunden in den Kühlschrank stellen.
4. Eierlikör gut gekühlt mit etwas Zimt
   bestreut servieren.

SCHOTTISCHES BRATHÄHNCHEN MIT FÜLLUNG

Iᴄʜ ʜᴀʙᴇ ᴍɪᴄʜ ꜰüʀ ᴇɪɴ Bʀᴀᴛʜäʜɴᴄʜᴇɴ sᴛᴀᴛᴛ ᴅᴇᴍ traditionellen Truthahn entschieden, weil das einfacher bei uns zu bekommen und zu kochen ist. Leider sind die Hühnchen, die man im Supermarkt bekommt, oft von minderer Qualität. Am besten bestellt man ein ganzes Bio-Hähnchen (schon ausgenommen) beim Schlachter.

Auch Haggis ist hierzulande selten zu bekommen. Deshalb habe ich mich für ein einfaches »Stuffing« entschieden, das in Schottland tatsächlich üblich ist und »Skirlie« genannt wird.

1 großes Bio-Hähnchen
3 große Zwiebeln, geviertelt
100 g Butter
Salz

Füllung:

1 große Zwiebel, gehackt
60 g Butter
85 g grobe Haferflocken
1 TL Salz
½ TL Koriander gemahlen
¼ TL Pfeffer
¼ TL Muskatnuss

Zubereitung:

1. Für die Füllung Butter in einem Topf schmelzen lassen. Gehackte Zwiebel zufügen und braten, bis sie weich und angebräunt ist. Die restlichen Zutaten zugeben und etwa 3 bis 4 Minuten kochen. Vom Herd nehmen.
2. Ofen auf 190 Grad vorheizen. Bauchhöhle des Hähnchens (am Brustbein öffnen) mit der Füllung füllen – ein ganz bisschen Platz lassen, weil sich die beim Braten ausdehnt.
3. Hähnchen mit der Brust nach oben auf ein gefettetes (etwas tieferes) Backblech oder

eine große Form legen. Butter schmelzen und Hähnchen damit bestreichen. Mit Salz bestreuen. Die Zwiebeln auf dem Backblech verteilen.

4. Etwa 90 Minuten im Ofen backen.

5. Wenn noch Füllung übrig ist (oder wer gern mehr Füllung als Beilage mag, kann auch die doppelte Menge zubereiten), kann die in einer gefetteten Kastenform ca. 40 Minuten im Ofen gebacken werden.

6. Zu diesem Hauptgang kann man Kartoffelpüree oder »Roast Potatoes« servieren, also im Ofen mit Fett gebratene. Gut dazu passen auch in Bacon eingewickelte Würstchen und allerlei Gemüse. Eine schöne schottische Beilage ist auch »Clapshot«, siehe nächstes Rezept.

CLAPSHOT

ZUTATEN:

450 g Kartoffeln
450 g Kohlrabi oder Steckrüben
50 g Butter
50 ml Milch
1 Teelöffel Muskatnuss
2 Teelöffel gehackte Petersilie
Salz und schwarzer Pfeffer

ZUBEREITUNG:

1. Kartoffeln und Steckrüben/Kohlrabi
   schälen, dann in kleine Stücke schneiden.
2. In einen Topf geben und mit Wasser füllen,
   sodass das Gemüse bedeckt ist. Zum

Kochen bringen, dann 15 bis 20 Minuten köcheln lassen, bis das Gemüse weich ist.

3. Abgießen. Das Gemüse wieder in den Topf geben, bei geringer Hitze etwas trocknen lassen. Umrühren, damit nichts am Topf kleben bleibt.

4. In einem kleinen Topf Butter schmelzen lassen und Milch dazugeben. Dann die Kartoffeln und Steckrüben/Kohlrabi zerstampfen. Butter/Milch dazugeben. Muskatnuss und Petersilie zugeben und mit Salz und Pfeffer abschmecken.

RELISH MIT CRANBERRYS UND ROTEN ZWIEBELN

EINE PREISELBEERSAUCE IST NATÜRLICH EINE traditionelle Beilage zu herbstlichen und weihnachtlichen Gerichten. Ich habe mich hier für eine etwas andere Version entschieden, ein Relish mit Cranberrys und roten Zwiebeln. Es passt auch hervorragend zu einer Käseplatte.

Das Relish lässt sich auch mit roten Johannisbeeren herstellen. Ergibt ungefähr 900g.

ZUTATEN:

    450 g kleine rote Zwiebeln
    30 ml Olivenöl
    230 g brauner Zucker
    450 g Cranberrys

120 ml Rotweinessig
120 ml Rotwein
1 TL gemahlene Senfsamen
½ TL geriebener frischer Ingwer
30 ml Orangenlikör oder Portwein
Salz und Pfeffer

Zubereitung:

1. Zwiebeln halbieren und ganz dünn schneiden.
2. Öl in einem Topf erhitzen, Zwiebeln dazugeben und auf kleiner Hitze etwa 15 Minuten köcheln lassen. Immer mal wieder umrühren. 2 EL Zucker dazugeben und weitere 5 Minuten köcheln lassen, bis die Zwiebeln karamellisiert sind.
3. In der Zwischenzeit Cranberrys mit dem restlichen Zucker in einen Topf geben. Essig, Wein, Senfsamen und Ingwer dazugeben. Gut verrühren und vorsichtig, unter Umrühren erhitzen, bis der Zucker sich aufgelöst hat. Dann Deckel auf den Topf legen und zum Kochen bringen.
4. Das Relish dann 12 bis 15 Minuten köcheln lassen und die Zwiebeln hinzufügen und hineinrühren. Hitze höherstellen und ohne Deckel für 10 Minuten köcheln lassen. Dabei oft umrühren.

5. Mischung vom Herd nehmen und mit Salz und Pfeffer würzen. Relish abkühlen lassen.
6. Wenn das Relish abgekühlt ist, in erwärmte, sterilisierte Marmeladengläser füllen (am besten direkt nach dem Abkochen, dann sind sie noch warm). Etwas Orangenlikör oder Portwein oben draufgeben und dann Gläser verschließen.
7. Das Relish hält sich etwa 6 Monate. Einmal geöffnet, Glas in den Kühlschrank stellen und innerhalb von 1 Monat aufbrauchen.

SHORTBREAD

SHORTBREAD EIGNET SICH WUNDERBAR ALS selbstgemachtes Geschenk.

ZUTATEN:

    275 g Mehl
    25 g gemahlene Mandeln
    225 g Butter
    75 g feiner Zucker
    Schale einer ½ Zitrone, gerieben

ZUBEREITUNG:

1. Ofen auf 180 Grad vorheizen. Ein Backblech mit Backpapier auslegen.
2. Alle Zutaten mit dem Mixer auf hoher Stufe vermischen, bis sich ein glatter, dicker Teig formt.
3. Auf dem Backblech ausbreiten und mit einem Spachtelmesser oder einen Pfannenwender platt drücken, bis der Teig bis in die Ecken verteilt ist. Im Ofen 20 Minuten goldbraun backen.
4. Aus dem Ofen nehmen und sofort in ca. 48 »Finger« d.h. längliche rechteckige Stücke schneiden, so lange der Teig noch weich ist. Abkühlen lassen. Hält sich ca. zwei Wochen in einer luftdichten Dose.

DANKSAGUNG

Danke, dass du den HIGHLAND-HEXEN-ADVENTSKALENDERKRIMI gelesen hast!

Falls dir das Buch gefallen hat, würde ich mich riesig über eine Rezension in deinem Lieblingshop oder auf einer Buchbewertungsseite freuen. Rezensionen sind sowohl für Autor:innen als auch für Leser:innen unglaublich wichtig – selbst ein oder zwei Sätze helfen schon enorm. Danke!

Band 1 der Serie, DER TEUFEL IM DETAIL, ist überall im Handel erhältlich.

Die Serie gibt es auch im Sparkpaket, dem HIGHLAND-HEXEN-KRIMI SAMMELBAND.

Und wenn du wissen möchtest, wie die Geschichte der HIGHLAND-HEXEN endet, schau dir unbedingt die HIGHLAND-HEXEN-KURZGESCHICHTEN: DIE ZWÖLF RAUHNÄCHTE an.

Blätter weiter, um eine Übersicht aller Highland-Hexen-Krimis zu sehen. Darauf folgt eine Leseprobe von Band 1 der Serie, DER TEUFEL IM DETAIL.

Melde dich doch auch für meinen Newsletter an. Als Dankeschön bekommst du ein gratis Buch geschenkt. Jeden Monat gibt es einen exklusiven Bonus und Neuigkeiten.

Besuche dafür einfach meine Website: www.felicitygreen.com/leserclub

Deine Felicity

HIGHLAND-HEXEN-KRIMIS

Band 1: Der Teufel im Detail

Band 2: Der Teufel im Leibe

Band 3: Der Teufel in der Küche

Band 4: Der Teufel im Bunde

Band 5: Der Teufel im Spiel

Band 6: Der Teufel im Eichhörnchen

(Bonus-)Band 7: Der Teufel im Grabe

(Bonus-)Band 8: Muse Gesucht

Highland-Hexen-Adventskalenderkrimi

Highland-Hexen-Kurzgeschichten: Die zwölf Rauhnächte

Sammelband 1-3: Die ersten drei Bände im Sparpaket

Sammelband 1-6: Die Serie im Sparpaket

Teuflisch Einsam: Eine Highland-Hexen-Krimi-Novelle

Mehr Informationen und Händler-Links auf www.felicitygreen.com

DER TEUFEL IM DETAIL - LESEPROBE 1

ANDIE

Das Boot glitt über den See, so als ob es nicht auf dem Wasser fahren, sondern auf dem dichten Nebel schweben würde. Im Boot stand eine hochgewachsene junge Frau. Sie glich einer Galionsfigur: hölzern, Kinn energisch vorgeschoben, Blick starr nach vorn gerichtet.

Der See hätte jeder Loch in den schottischen Highlands sein können, aber Andie wusste, so wie man in Träumen Dinge einfach wusste, dass es sich um Loch Lomond handelte.

Am Ufer angekommen, stieg die Frau mit den schulterlangen blonden Haaren aus dem Boot aus. Andie kannte sie. Es war Dessie McKendrick.

Dessie drehte sich zu ihr um und spätestens jetzt wurde Andie bewusst, dass es sich nicht um einen gewöhnlichen Traum handelte.

Sie selber war in diesem Traum zugegen und folgte Dessie in den kleinen Ort, der am Ufer des Sees

178

gelegen war. Es war Tarbet, Andies Heimatort. Andie erkannte die Namen der Gasthäuser und B&Bs auf den Schildern vor den Häusern. Jedes zweite Haus in Tarbet vermietete Gästezimmer. Das malerische Örtchen in den Highlands lebte vom Tourismus. Dessie war ebenfalls hier zu Hause. Vor einigen Jahren zugezogen, war auch sie die Besitzerin eines B&Bs.

Dort schien sie jetzt, in Andies Traum, auch hinzugehen. Immer wieder schaute sie sich um, um sicherzustellen, dass Andie ihr auch folgte. Ihre grauen Augen wirkten ausdruckslos. Dennoch hatte ihre ganze angespannte Körperhaltung etwas Dringliches.

Dessie's B&B war ein weiß getünchtes, großes, verwinkeltes Cottage, das Andie noch nie zuvor betreten hatte. Sie folgte Dessie ins Haus, bis sie vor der Tür mit der Nummer 3 standen.

Dessie schaute Andie an, hielt einen Moment lang inne, nahm dann den Schlüsselbund aus der Tasche und schloss die Tür auf. Plötzlich befand sich Andie mitten im Zimmer, ohne sich daran zu erinnern, hineingegangen zu sein. Die Tür war geschlossen.

Dessie, oder um genauer zu sein, Dessies Doppelgängerin, hob langsam den Zeigefinger und legte ihn auf ihre Lippen. Andie sah sich im Zimmer um. Die Wände waren voll mit Zeitungsausschnitten, Fotos und Dokumenten. Ab und zu blitzte noch die Tapete mit dem Blümchenmuster dahinter hervor, aber der größte Teil der Wandfläche war bedeckt. Unzählige Gegenstände lagen überall herum. Unter dem Chaos konnte Andie ein gewöhnliches Gästezimmer entdecken.

Das war es wohl einmal gewesen, bevor es so zugemüllt worden war. Ein großer Schreibtisch war in eine

Ecke gequetscht worden. Der Schrank, dessen Türen offen standen, quoll über vor Männerkleidung. Auf dem Fußboden waren Gegenstände zu kleinen Haufen aufgetürmt. Hier ein Turm CDs, dort ein Stapel Bücher. In einer Ecke stand eine Sammlung verstaubter Whiskyflaschen auf einem Wägelchen aus Edelstahl. Vor dem Bett lagen ein großer grüner Rucksack und weitere Dinge, die zur Campingausrüstung gehörten. Andere, eher ungewöhnliche Sachen, waren auf dem Bett ausgebreitet. Auf den ersten Blick hatte es Andie für Unordnung gehalten, doch jetzt sah sie, dass die Gegenstände der Größe nach sortiert worden waren. Ein silberner Brieföffner, eine Spieluhr mit Zirkustieren, kleine Bilder mit bunten geometrischen Figuren, eine Dartscheibe, Billardstöcke.

Dessies Doppelgängerin nahm die Spieluhr in die Hand, ließ sie dann wieder fallen, ging zur Wand, zeigte auf ein Foto und verzog den Mund zu einem Lächeln, das aber ihre Augen nicht erreichte. Auf dem Foto war ein junger Mann zu sehen, der wie ein kalifornischer Surfer aussah. Strahlend blaue Augen, blonde zerzauste Haare, blendend weiße Zähne, braun gebrannt. Dessie wirkte immer noch irgendwie mechanisch, wie es Doppelgängern so eigen war. Doch aus ihren ausdruckslosen Augen flossen Tränen, die ihre blassen Wangen herunterkullerten.

Andie wartete gespannt, was als Nächstes passieren würde. Vielleicht handelte es sich ja tatsächlich nur um einen Traum. Sie hoffte, dass es nur ein Traum war. Doch insgeheim wusste sie, was am Ende dabei herauskommen würde. Es war schließlich nicht das erste Mal, dass sie so etwas erlebte.

Dessies Haut wurde immer blasser und trockener, bis sie an Pergamentpapier erinnerte. Andie strengte sich an aufzuwachen. Doch es gelang ihr nicht. Traum-Andie konnte sich noch nicht einmal von der Stelle rühren, als Dessies graue Augen in die Höhlen zurücktraten, die Haare büschelweise ausfielen und die Fingernägel sich von den Fingerkuppen lösten. Die große Frau wurde vor Andies Augen immer verschrumpelter, wie eine Mumie.

Andie kannte das Gefühl der Hilflosigkeit nur zu gut, das sie nun überkam. Wieder gab sie sich Mühe, endlich aufzuwachen, doch Andie im Traum gelang es noch nicht einmal, die Augen abzuwenden. Sie war gezwungen mit anzusehen, wie Dessie McKendrick sich zersetzte.

Dann kam das Schlimmste, das, was Andie als Kind immer eine Heidenangst eingejagt und ihr schlaflose Nächte bereitet hatte.

Aus Dessies Körperöffnungen, den Augenhöhlen, den Ohren, dem Mund, den Nasenlöchern, quollen weiße kleine Maden. Die Maden schienen sie von innen aufzufressen, bis nur noch Knochen und die Pergamenthaut übrig waren. Schließlich fiel auch das Knochen-Haut-Gebilde in sich zusammen. Wie aus dem Nichts erschienen Käfer und andere Insekten, die sich über die Reste von Dessie McKendrick hermachten. Der winzige Haufen auf den Holzdielen in Zimmer Nummer 3, der einmal Dessie gewesen war, verschwand schneller, als Andie sich ekeln konnte.

Aus Erfahrung wusste Andie, dass es sowieso nichts brachte. Sie war gezwungen, das hier mit anzusehen.

Als Dessie vollends verschwunden war, wurde es

richtig kalt im Raum. Traum-Andie klapperten die Zähne. Sie schlang die Arme um den fröstelnden Körper. Nebel drang unter dem Türspalt hervor, durch das offene Fenster und diverse Ritzen und Spalten in den Wänden. Bald war das ganze Zimmer voller Nebel, sodass Andie nichts mehr sehen konnte. Panisch versuchte sie, sich im Raum zu orientieren und die Tür zu finden.

Sie musste aus diesem Traum entkommen. Aus diesem Haus. Aus diesem Zimmer.

Vorsichtig tastete Andie nach der Tür und bekam eine Klinke zu fassen. Als sie die Augen aufmachte, brauchte sie einen kleinen Moment, bis ihr bewusst wurde, dass sie in ihrem Zimmer in Edinburgh stand.

Sie träumte nicht länger, sie war wach und sie war schlafgewandelt. Es war ihre Tür, ihre Klinke, die sie erreicht hatte, nicht die in Zimmer Nummer 3 in Dessie's B&B. Ihr Atem ging keuchend und ihr war immer noch kalt. Es dauerte eine Weile, bis sie dem Gefühl der Erleichterung trauen konnte.

Andie nahm sich den Bademantel, der an einem Haken an der Tür hing, und zog ihn sich über. Das Zimmer in dem Haus, das sie sich mit anderen Studenten teilte, war in fahles Mondlicht getaucht. Andie setzte sich auf die Bettkante, schaltete die Nachttischlampe an und ließ sich den Traum, die Vision, noch einmal durch den Kopf gehen.

Seit Beginn ihres Biotechnologie-Studiums hier in Edinburgh hatte sie derartige Träume nicht mehr gehabt. Sie war recht froh gewesen, Tarbet zu entkommen, obwohl sie immer gewusst hatte, dass ihre besondere Gabe sie wahrscheinlich dorthin zurückbringen würde.

Selbst einem stillen, introvertierten Mädchen wie ihr kam der kleine Ort langweilig vor. Edinburgh war um einiges aufregender. Und sie hatte schließlich Optionen. Dennoch musste sie hart dafür arbeiten. Nicht nur die akademischen Leistungen hatte sie bringen müssen, sondern sich auch das Studium selber finanzieren. Ihre Eltern waren nicht gerade wohlhabend.

Das Semester war gerade zu Ende und sie musste sich sowieso einen Job suchen. Ihre Hoffnung, die Semesterferien in Edinburgh verbringen zu können, hatte sich mit diesem Traum zerschlagen. Natürlich gab es auch die Möglichkeit, den Traum zu ignorieren, aber das konnte sie einfach nicht. Das lag nicht nur daran, dass sie ein verantwortungsbewusstes Mädchen war.

In der Vergangenheit hatte sie schon öfter versucht, derartiges zu verdrängen. Die Träume würden nur schlimmer werden, eine Dunkelheit würde sich in ihr ausbreiten und von innen auffressen. Sie würde nicht mehr schlafen, nicht mehr essen, nicht mehr ihr Zimmer verlassen können, bis sie den Hilferuf der Doppelgängerin erhörte.

Dessie McKendrick brauchte ihre Hilfe – und vermutlich wusste sie nichts davon.

Andies Freundin Tara half den Sommer über in Dessie's B&B aus. Vielleicht konnte Andie ihre Stelle übernehmen. Tara würde die besonderen Umstände verstehen.

Andie schob sich eine Strähne ihres langen, dunkelbraunen Haares hinter das Ohr und seufzte. Dann stand sie auf, zog den Koffer aus dem Schrank, legte ihn aufs Bett und fing an zu packen. Morgen früh würde sie nach Tarbet fahren. Es gab keinen Grund, das Ganze aufzuschieben.

Sie hatte einen Job zu erledigen.

DER TEUFEL IM DETAIL - LESEPROBE 2

DESSIE

GRAYSON ZEIGTE AUF DIE FLASCHE WEIN. DESSIE schüttelte nur stumm den Kopf, nahm ihr leeres Glas in die Hand, stand auf und ging zur Küchenzeile am anderen Ende des großen Frühstücksraums.

Sie stellte das Glas in die Spüle und horchte, hörte aber kein g*luck, gluck* des Weins, der aus der Flasche gegossen wurde. Ihre Schultern entspannten sich. Sie konnte es sich nicht leisten, mehr als ein Glas Wein mit Grayson zu trinken.

Sie hatte das Gespräch wie immer sehr genossen, wünschte sich jedoch jetzt, dass Grayson auf sein Zimmer gehen würde. Dennoch war sie etwas enttäuscht, als sie das Scharren des Stuhles vernahm. Regentropfen hämmerten leise gegen das Fenster über der Spüle. Ein typischer schottischer Sommer. Einer der Gründe, warum sie hier so gerne wohnte, dachte Dessie bitter.

Grayson räusperte sich. »Ich gehe besser schlafen. Ich muss morgen früh raus, schon vor dem Frühstück.«

»Stimmt, dein Trip«, sagte Dessie, immer noch aus dem Fenster in die dunkle, regnerische Nacht starrend. Der Gedanke, dass sie Grayson vermissen würde, war Dessie unangenehm. Sie versuchte, die Schmetterlinge in ihrem Bauch zu ignorieren, die sich jedes Jahr vermehrt dort breitmachten, wenn Grayson den Sommer in ihrem Bed & Breakfast verbrachte.

Seit vielen Jahren war der Amerikaner nun Dauergast über die Sommermonate, benutzte *Dessie's B&B* als Basis für seine Abstecher zu anderen Destinationen in Europa. Lange hatte Dessie es gar nicht zugelassen, dass sich eine Freundschaft bilden konnte. Doch irgendwann waren aus Smalltalk tiefere Gespräche geworden. Mittlerweile hatten sie sich angewöhnt, im großen Frühstücksraum, in dem Dessie abends auch für sich kochte, die Abende mit einem Glas Wein ausklingen zu lassen, wenn Grayson da war.

Natürlich fühlte sich Dessie schuldig. Aber da war noch eine andere Emotion, etwas Köstliches, Gefährliches, dem sie nicht widerstehen konnte. Doch widerstehen musste und würde sie.

Dessie drehte sich zu Grayson um. Sie musste sich nicht zu einem Lächeln zwingen, als sie den gut aussehenden Mann mit den klaren blauen Augen und dem dunklen Haar ansah. Die silbernen Schläfen ließen ihn älter wirken, als er war, wahrscheinlich Ende dreißig, Anfang vierzig, und gaben ihm außerdem ein äußerst respektables Erscheinungsbild. Sicherlich half es ihm bei seiner Arbeit als Vermögensberater, so vertrauenswürdig auszusehen, dachte sich Dessie.

Er war immer vage, was seinen Beruf anging, aber sie nahm an, dass er sehr erfolgreich war. Schließlich konnte er es sich erlauben, mehrere Monate im Jahr Urlaub zu machen. Doch manchmal traf er sich auch mit Kunden in Europa, und Grayson hatte ihr erzählt, dass er morgen ein Meeting in London hatte.

Dessie musste sich auf die Zunge beißen, bevor ihr ein »Du wirst mir fehlen« entweichen konnte. Deshalb sagte sie gar nichts, sondern nickte nur stumm. Wenigstens musste sie sich keine Sorgen machen, dass Grayson sie für abweisend hielt, schließlich war er ihre sehr distanzierte Art gewöhnt.

Er wünschte ihr ruhig eine gute Nacht, schenkte ihr ein strahlendes Lächeln und ging dann in sein Zimmer.

Dessie nahm Graysons Glas, trank den letzten Schluck aus, den er immer darin ließ – eine Angewohnheit von ihm – und stellte es neben ihres in die Spüle.

Kurz spielte sie mit dem Gedanken, die Gläser dort stehen zu lassen, überlegte es sich dann aber schnell anders. Es würde morgen früh, wenn viel zu tun war, eine weitere Arbeit bedeuten, die sie womöglich nur stresste. Routine, die sie immer strikt einhielt, brachte Dessie durch den Tag.

Sie war gerade dabei, den Hahn aufzudrehen, als die Türklingel sie in ihrer Bewegung innehalten ließ. Dessie schaute auf die Wanduhr über der Tür. Unweigerlich zog sie die Brauen zusammen. Das Wassertaxi von der Jugendherberge, dachte sie, und ein kalter Schauder lief ihr über den Rücken.

Wenn so spät noch Gäste kamen, dann waren es

meist die armen West-Highland-Way-Wanderer, die in der Rowardennan-Jugendherberge am anderen Ufer des Sees kein Zimmer mehr bekommen hatten. Ein mulmiges Gefühl beschlich Dessie, als sie zur Haustür ging und sie öffnete.

Vor ihrer Tür standen tatsächlich vier junge Menschen mit großen Rucksäcken auf dem Rücken. Dessie schaltete die Außenbeleuchtung an. Die jungen Leute, zwei Frauen und zwei Männer, höchstens Anfang zwanzig, waren vom Regen durchnässt.

»Ja bitte?«, fragte Dessie.

»Auf Ihrem Schild steht nicht *Kein Zimmer frei*«, sagte eine der jungen Frauen in jammerndem Tonfall.

Die roten Locken klebten ihr im Gesicht, schwarzer Mascara hatte Spuren auf ihren Wangen hinterlassen und ihr Lippenstift war verschmiert.

Dessie konnte kein großes Mitleid für sie aufbringen. Wieder einmal Wanderer, die unterschätzt hatten, wie anstrengend der berühmte Langstreckenwanderweg war, der von Milngavie hinter Glasgow bis Fort William in den Highlands ging. Dieses Mädchen, das wahrscheinlich eine große Schminktasche im Rucksack mitschleppte, würde es sicherlich nicht bis Fort William durchhalten. Vermutlich würden sie und ihre Freunde morgen schon in den Zug steigen und mit der West-Highland-Bahn weiterfahren, statt die ganze Wanderung, die gut neun Tage dauern konnte, zu überstehen.

»Bitte sagen Sie uns, dass Sie noch Zimmer haben«, wiederholte die Rothaarige und sah sie mit einem flehenden Blick aus den großen blauen Kulleraugen an.

»Ich habe nur noch ein Zimmer mit einem Doppelbett frei«, sagte Dessie und zuckte entschuldigend mit den Schultern.

Sie war schon dabei, die Tür wieder zu schließen, als die Frau einen Fuß dazwischenschob. Bevor Dessie sich's versah, stand sie halb in ihrem Eingang.

»Wir nehmen es«, schrie sie, packte den jungen Mann, der neben ihr stand, am Arm und zog ihn ins Haus.

»Ein Zimmer mit einem Doppelbett«, wiederholte Dessie etwas überrumpelt. »Also leider nicht genug Platz für vier Personen.«

»Sie sind unsere letzte Rettung«, sagte die Frau und strich sich die nassen Locken aus dem Gesicht. »Wir waren schon überall, doch im ganzen Ort hat es keine freien Zimmer.«

»Aber Val«, sagte der junge Mann, den die Rothaarige immer noch am Handgelenk hielt. »Was ist denn mit Nicole und Nate, wir können doch nicht …«

»Jetzt waren wir eben schneller«, winkte Val ab. »Müssen wir etwa alle leiden und im Regen stehen bleiben, wenn es nun mal nur noch dieses eine Zimmer gibt?« Sie ließ den Jungen los und streifte den Rucksack von ihren Schultern. »Gott, ist das Scheißding schwer!«

»Tut mir leid«, sagte der junge Mann, ein richtiger Durchschnittstyp, in Richtung des anderen Mädchens.

Die zierliche junge Frau, die noch vor der Tür stand, schob frustriert die Kapuze ihres Regenmantels vom Kopf. Sie hatte lange, dunkle Haare und große traurige Augen. »Schon gut, Sam«, sagte sie resigniert. Sie drehte sich zu dem anderen Mann um, der sich etwas weiter im Hintergrund hielt. Doch der schaute nur auf seine Schuhe und murmelte etwas Unverständliches.

»Haben Sie vielleicht noch einen Tipp, wo die beiden hingehen könnten?«, wandte sich Sam an Dessie.

Die Nackenhaare stellten sich ihr auf und sie konnte kaum atmen. Ohne zu blinzeln, starrte sie den jungen Mann für eine gefühlte Ewigkeit an.

Die Unsicherheit stand ihm ins Gesicht geschrieben. »Entschuldigung, aber wissen Sie vielleicht von einem B&B, das noch nicht belegt ist?«, wiederholte Sam seine Frage, in der Annahme, dass sie ihn nicht verstanden hätte.

Dessie schluckte schwer, atmete langsam durch die Nase ein und räusperte sich. Nein, sie durfte nicht projizieren, sondern musste sich zusammenreißen.

Sei nicht albern, schalt sie sich selber.

Sie zwang sich, die Worte auszusprechen, obwohl sich alles in ihr dagegen sträubte. »Mrs MacDonald hat sicher noch ein Zimmer frei. Zwei Straßen weiter links den Berg hoch. Es heißt *Thistle Inn*, aber eigentlich ist es …«, schweifte Dessie ab.

»Versucht es doch da«, meinte Sam, »oder sollten wir vielleicht alle dorthin …?«

Unsicher blickte er Val an. Die schüttete energisch den Kopf. »Wir bleiben hier«, entschied sie.

»… Inn ist etwas irreführend«, fuhr Dessie fort. »Es sind nur zwei Zimmer in ihrem Haus, die Mrs MacDonald vermietet, man teilt das Bad mit ihr und so weiter, also, äh, eine Art traditionelles Bed & Breakfast. Eher altmodisch, falls Ihnen das etwas ausmachen sollte«, fügte sie hoffnungsvoll hinzu.

Doch es half nichts. Schließlich war das hier für die jungen Leute die letzte Zuflucht. Ein Dach über dem Kopf war jedenfalls besser als im Regen zu stehen, auch wenn es das schlechteste B&B in Tarbet war. Nun, schlecht war es ja nun nicht gerade, aber …

Dessie schüttelte den Kopf, so als ob sie die düsteren Gedanken damit abschütteln könnte.

Nicole sah sich wieder zu dem Jungen um, dessen Gesicht Dessie im Dunkeln und im Regen nicht genau ausmachen konnte. »Also sollen wir?«

Nate zuckte unschlüssig mit den Schultern und brummelte etwas, das wie »Mir egal« klang.

»Na dann«, sagte Nicole seufzend und winkte den anderen beiden zum Abschied zu. »Bis morgen.«

»Zimmer Nummer fünf«, sagte Dessie tonlos zu Val und Sam. Die beiden gingen ins Haus, doch Dessie blieb noch einen Moment an der Tür stehen und sah den traurigen Gestalten nach, eine groß, eine klein, die in der dunklen Nacht verschwanden.

Sie wusste, es war völlig irrational, aber sie konnte das schreckliche Gefühl nicht abschütteln, dass sie Nate und Nicole ins Verderben geschickt hatte.

Jetzt DER TEUFEL IM DETAIL weiterlesen.

E-Book, Taschenbuch und Hörbuch überall im Handel erhältlich.